나와 작은 아씨들

누구보다 자유롭고 다채롭게,
삶의 주인공을 꿈꾸는 우리 모두의 이야기

나와 작은 아씨들

누구보다 자유롭고 다채롭게,
삶의 주인공을 꿈꾸는 우리 모두의 이야기

서메리 지음

Little Women

Louisa May Alcott

위즈덤하우스

일러두기

- 외국 인명과 지명, 작품명 등 모든 외래어는 '외래어 표기법'을 따르되, 표기법과 다르지만 대다수 매체에서 통용되는 표기법일 경우 그에 따랐다. 국내에 소개되지 않은 인명이나 지명 의 경우는 원어를 병기하였다.

- 이 책에 수록된 작품의 우리말 제목은 국내 번역본에 따르는 것을 원칙으로 하되, 번역되지 않은 경우 내용에 맞게 번역했다.

- 신문, 잡지 등의 매체명은 《 》, 그림이나 노래, 영화 등 예술 작품의 제목은 〈 〉, 책 제목은 『 』, 단편소설이나 책의 형태가 아닌 인쇄물은 「 」로 묶었다. 웹사이트와 국내에 출간되지 않은 참고 문헌의 표기는 원서에 따랐다.

"어른이 되지 않도록 머리 위에 다리미를 얹고 다녔으면 좋겠어요. 하지만 꽃봉오리는 장미가 되고, 새끼 고양이는 어른 고양이로 자라나겠죠. 너무 안타까워요!"

– 『작은 아씨들』 중에서

"I wish wearing flatirons on our heads would keep us from growing up. But buds will be roses, and kittens cats, more's the pity!"

나의 '작은 아씨들'이 필요한 순간

인생은 참 청개구리 같은 녀석이다. 오랜만에 만난 지인들과 이야기를 나누다 보면 인생이 계획한 대로 풀렸다는 사람보다 내 삶이 어쩌다 여기로 흘러왔는지 모르겠다는 사람이 훨씬 많다. 어떤 친구는 이 나이까지 싱글일 줄 몰랐다며 한숨을 내쉬고, 또 다른 친구는 이 나이에 벌써 애 엄마가 될 줄 몰랐다며 신세타령을 한다. 사업가를 꿈꿨지만 직장인이 된 친구도 있고, 직장인으로 시작했지만 프리랜서가 된 친구도 있다. 앗, 마지막은 친구가 아니라 내 얘기다.

아직 원숙하다곤 할 수 없는 나이지만, 나와 내 친구들은 이제 인생이 마음대로 조종할 수 있는 것이 아니라는 사실을 조금씩 받아들이고 있다. 의지도 중요하고 노력도 중요하지만 삶이라는 바다를 따라 항해하다 보면 의지로도 노력으로도 어떻게 할 수 없는 일들이 얼마든지 일어난다.

달도 별도 없는 깜깜한 밤에 익숙지 않은 노를 저으며 앞으로 나아가다 보면 문득 두려움이 밀려오곤 한다. 나는 지금 옳은 길을 가고 있는 걸까? 혹시라도 이 선택이 틀린 건 아닐까?

이럴 때 기꺼이 나서서 나침반 역할을 해주고 흔들리는 마음을 토닥여주는 존재들이 있다. 최고의 조언자인 엄마, 모든 고민을 함께 나눠온 친구들, 그리고 평소에는 책 속에 조용히 숨어 있다가 내가 필요할 때면 언제든 진심이 가득한 도움의 손길을 내미는 나의 '작은 아씨들'.

인연의 깊이가 시간에 정비례하는 건 아니겠지만, 알고 지낸 세월로 따지면 작은 아씨들은 내게 엄마 다음으로 오래된 인연이다. 맨 처음 아기자기하게 각색된 어린이용 동화로 나를 찾았던 그녀들은 10년 뒤 두툼한 소설책의 어엿한 주인공이 되어 다시 내게로 왔다. 인터넷 주문과 총알배송의 도움을 받아 이뤄진 극적인 재회 뒤로도 10년쯤 되는 시간이 흘렀으니, 우리가 함께한 지도 어느덧 20년이 넘은 셈이다.

그 긴 시간 동안 내 책장에는 언제나 그녀들의 자리가 있었다. 가로 6센티미터, 세로 20센티미터쯤 되는 그 자리는 여섯 단짜리 책장에서 가장 눈에 잘 띄고 꺼내기도 쉬운 네 번째 선반에 위치하고 있다. 나는 종종 커피 한 잔을 내려 들고 그녀들에게 데이트 신청을 한다. 심심해서, 날이 좋아서, 마음이 울적해서, 혹은 누군가의 조언이 절실히 필요해서. 이유는 매번 제각각이지만, 상냥한 네 소녀는 언제나 펼쳐진 페이지 안에서 다정한 미소로 나를 맞아준다. 그녀들과 함께 공상의 성을 둘러보고, 엘렌 트리에 앉아 담소를 나누고, 햇볕을 쬐며 달콤한 쿠키를 맛보다 보면 어느새 책을 펼쳐들 때 얻고자 했던 따스한 위로와 소담한 기쁨이(때로는 지극히 실용적인 조언까지도) 내 안에 자연스레 자리하고 있다.

사실 그녀들에게 주어진 조건은 풍요나 혜택과 거리가 멀다. 집안 형편은 어렵고, 19세기에 태어난 여자라는 이유로 제대로 된 교육도 받을 수 없는 데다, 전쟁터로 떠난 아버지를 대신해 가정 경제까지 책임져야 한다. 하지만 그녀들의 삶을 지켜보며 감히 동정심을 품는 이는 거의 없을 것이다. 실크 드레스나 보석 반지처럼 갖지 못한 것들을 갈망하며 무너지는 대신, 네 소녀는 사랑과 우애와 상상력이라는 멋진 재능을 활용해서 빛으로 가득한 일상을 만들어낸다. 어려움 속에서도 당찬 태도로 삶을 마주하는 그녀들의 모습은 보는 이에게 밝고 따뜻한 에너지를 선사한다. 그런 면에서 작은 아씨들은 태양과 닮은 데가 있다.

삶의 물살을 헤쳐 가다가 문득 빛과 온기가 필요할 때, 나는『작은 아씨들』책을 펼쳐 든다. 자욱한 안개 속에서 방향을 잃은 날, 청개구리 같은 인생이 특히 더 말을 듣지 않는 날, 나는 햇살처럼 환히 빛나는 네 소녀에게 힘을 나눠달라고 부탁한다. 이 책은 지난 오랜 세월 내가 그녀들과 나눴던 보물 같은 순간의 기록이다. 이 기록이 메그와 조와 베스와 에이미를 사랑하는 이들에게, 아직 네 자매를 만나진 못했지만 그녀들이 지닌 치유의 힘을 필요로 할 이들에게 공감과 위로를 선사했으면 좋겠다. 이 소소하면서도 따뜻한 이야기들이 누군가에게도 행복한 시간을 선물했으면 하는 바람이다.

2019년, 서메리

차례

작은 아씨들 이야기 1

소설 『작은 아씨들』

『작은 아씨들』만큼 오랫동안 큰 사랑을 받으면서 동시에 저평가되었던 작품은 흔치 않을 것이다. 루이자 메이 올컷이 출판사의 의뢰를 받고 단 10주 만에 써내려간 이 작품은 출간과 동시에 1쇄가 매진되었고, 저자를 순식간에 부유한 인기 작가 반열에 올려놓았다. 한 통계에 따르면 『작은 아씨들』은 현재까지 50개 이상의 언어로 번역되었고, 1868년 출간된 뒤로 단 한 번도 절판된 적이 없으며, 지금 이 순간에도 매달 1,000권가량이 꾸준히 팔려나간다고 한다. 이 책이 세상에 나온 뒤로 150년이 넘는 세월이 흘렀다는 점을 감안하면 놀랍도록 폭발적이고 지속적인 인기라고 할 수 있다.

올컷은 어떻게 그토록 짧은 기간 안에 불후의 고전으로 남을 작품을 써냈을까? 물론 그녀의 탄탄하면서도 유려한 필력이 큰 몫을 했지만, 이 소설이 다른 누구도 아닌 그녀 자신의 이야기를 담고 있다는 사실 또한 중요한 역할을 했을 것이다. 『작은 아씨들』의 주인공 네 자매는 실제로 저자 루이자 메이 올컷과 그녀의 자매들을 모티프로 탄생했다.

메그의 모델은 올컷 자매의 맏이였던 안나Anna이다. 그녀는 재능 있는 배우였지만 결혼하여 가난한 가족을 돕는 것이 장녀로서 최선의 선택이라고 판단했고, 실제로 그 선택을 실행에 옮겼다. "내게는 위대한 사람이 되고 싶다는 어리석은 소망이 있다. 하지만 아마도 부엌에서 인생을 보내다가 부유하지 못한 가정에서 생을 마감할 것이다"라는 안나의 일기는 현실의 벽에 부딪혀 꿈을 포기해야 했던 그녀의 안타까운 고뇌를 잘 보여준다.

베스 캐릭터는 만 23세에 성홍열로 세상을 떠난 올컷 자매의 셋째 리지Lizzie에 기반을 두고 있다. 베스와 마찬가지로, 리지는 어머니와 함께 마을의 가난한 가족들을 돕다가 병에 전염되었다. 가족과 이웃에게 자신이 가진 모든 것을 아낌없이 베푸는, 다소 비현실적일 정도로 천사 같은 베스의 성품이 실존 인물의 것이었다는 사실은 작품의 내용과 별개로 독자들에게 먹먹한 감동을 선사한다.

에이미는 유럽에서 예술가로 활동했던 올컷의 막냇동생

메이May를 투영한 인물이다(에이미Amy라는 이름은 메이의 철자를 순서만 바꾼 작명이다). 루이자의 든든한 지원을 바탕으로 그림을 공부한 그녀는 1877년 파리 살롱에 작품을 전시할 정도로 뛰어난 화가로 성장했지만, 만 39세의 나이에 출산을 하다가 생을 마감하고 만다. 태어나자마자 어머니를 잃은 어린 조카는 루이자가 평생 딸처럼 키웠다고 알려져 있다.

여성에게 교육과 사회 진출의 기회가 쉽게 열리지 않던 시절, 의지를 굽히지 않고 꿋꿋이 글을 쓴 결과 작가로서 큰 성공을 거둔 선머슴 조의 모델은 당연히 올컷 자매의 둘째이자 『작은 아씨들』의 저자인 루이자 본인이다.

이 외에도 네 자매의 아버지와 어머니, 로리를 비롯한 다양한 캐릭터가 실존 인물을 모델로 삼아 탄생했으며, 150년이 지난 지금까지도 원작은 물론이고 영화와 연극, 뮤지컬을 비롯한 다양한 2차 저작물을 통해 전 세계 소녀들의 마음을 사로잡고 있다.

하지만 앞서 밝혔듯이, 이 작품은 발간 후 오랜 세월 동안 그 진정한 문학적, 사회적 가치를 제대로 인정받지 못했다. 특히 헤밍웨이나 스콧 피츠제럴드 같은 남성 작가들의 작품이 주류를 잠식하고 있던 미국 문학계는 『작은 아씨들』을 그저 일개 여류 작가의 감상적인 자전 소설로만 치부해왔다(프린스턴 대학의 영문학 교수인 일레인 쇼월터Elaine Showlater는 '헤밍웨이나 피츠제럴드 같은 주류 작가들은 이 책을 읽어본 적도 없을 것'이라고 단언한다).

하지만 주인공 네 자매를 부모(특히 아버지)의 소유물이 아닌 한 명의 완전한 인격체로 묘사하고, 결혼과 직업 선택을 비롯한 삶의 기로에서 주체적 선택을 내리는 여성들의 모습을 제시했다는 점에서 이 책을 마냥 가벼운 소녀들의 이야기로 치부하는 것은 부당해도 한참 부당한 처우이다. 특히 작품의 중심인물인 조를 '잘생기고 부유한' 로리와 결혼시켜 달라는 수많은 독자들의 청원에도 불구하고, 그녀를 명문가의 인형 같은 안주인으로 만드는 대신 같은 꿈을 꾸는 지적인 남성과 결혼시킨 올컷의 선택은 동시대 여성들에게 던지는 분명한 메시지를 담고 있다.

프랑스의 소설가 겸 실존주의 사상가 시몬 드 보부아르는 조 캐릭터와 자신을 동일시하며 성장했고, 그녀를 흉내 내기 위해 단편소설을 쓴 적도 있다고 밝혔다. 비록 한참 늦긴 했지만, 이런 작품이 뒤늦게나마 미국 문학의 고전이자 여성 문학사의 중요한 작품으로 재평가되는 것은 너무나 다행하고 고무적인 현상이다.

올컷이 그려낸 마치가家의 네 자매는 평범하면서도 비범

한 인물들이다. 보수적인 시절 가난한 가정에 태어나 학교도 제대로 다니지 못한 채 집안일과 아르바이트에 찌들어 지내지만, 그녀들의 안에는 누구도 함부로 평가할 수 없는 자질과 가치가 숨어 있다. 순수하고 다정한 메그와 대범하면서도 문학적인 조, 사랑하는 사람들을 위해 기꺼이 헌신하는 베스와 당당함이 가장 큰 매력인 에이미. 사랑하지 않고는 배길 수가 없는 이 당찬 소녀들의 말과 행동을 빌려, 올컷은 세상 모든 여성들에게 흔들림 없는 목소리를 전하고 있다. 꿈을 향해 나아가라. 스스로 원하는 선택을 하라. 그리고 자신의 진짜 가치를 인정하라.

• 첫째, 메그

마치 자매의 맏언니로, '마거릿'이라는 본명보다 '메그'라는
애칭이 더 익숙하다. 커다란 눈망울과 새하얀 피부, 부드럽
고 풍성한 머리칼을 지닌 그녀는 작품 속에서 몇 번씩이나
'매우 아름다운 소녀'로 묘사된다. 독자들과 처음 만난 시점
에는 열여섯 살이었지만 시간이 흐르면서 성인이 되고, 결혼
을 하고, 한 가정의 주부이자 두 아이의 엄마가 되는 모습을
차례로 보여준다. 『작은 아씨들』의 시대적 배경인 1800년대
중반을 기준으로 가장 무난한 여성의 길을 걸었다고 할 수
도 있고, 통통 튀는 재능과 성격을 지닌 동생들에 비해 다소
평범하고 소극적인 캐릭터로 비칠 수도 있다. 하지만 어려운
가정 형편에 보탬이 되고자 자청해서 가정교사 일에 뛰어

든다든지, 정해주는 상대와 결혼하지 않으면 유산을 물려주지 않겠다는 숙모할머니의 위협에도 당당히 사랑을 선택하고 쟁취하는 그녀의 모습은 확실히 수동적인 여성상과 거리가 멀다. 메그를 가장 정확히 묘사하는 단어는 '책임감'이다. 때로는 그 책임감이 지나쳐서 동생들에게 설교를 하거나 쓸데없는 고민을 짊어지고 끙끙 앓기도 하지만, 열심히 일해서 받은 급료로 막내의 손에 용돈을 쥐여주고, '잔소리를 할 때조차 상냥함을 잃지 않는' 이 사랑스러운 소녀를 미워하기란 어려운 일이다.

• 둘째, 조

삐죽하니 긴 팔다리에 깡마른 체형, 까무잡잡한 피부를 지닌 네 자매의 둘째. 뜨개질보다 책 읽기를 좋아하고, 남자 대신 원고지와 사랑에 빠져 지내는 열다섯 살 작가 지망생이다. 소녀 감성인 언니와는 정반대로 예쁜 것보다는 실용적인 것들을 좋아하고, '조세핀'이라는 여성스러운 이름이 낯간지럽다며 굳이 '조'라는 중성적인 애칭을 고집하는 등 여러모로 선머슴 같은 모습을 보인다. 덤벙대는 성격 탓에 툭하면 크고 작은 실수를 저지르지만 글솜씨만큼은 누구도 의심하지 못할 정도로 훌륭하며, 실제로 작품 끝자락에는 어엿한 소설가로 자리를 잡는다. 하지만 그녀의 성공은 결코 혼자만의 노력이나 재능으로 이뤄낸 것이 아니다. 조가 쓴 연극 대본을 무대에 올리기 위해 부끄러움을 무릅쓰고 배우 역할을 맡아준 어린 시절의 자매들, 그리고 늘 초심을 잃지 않도록 곁에서 응원과 조언을 보내준 따뜻한 사람들의 도움이 없었다면, 글만 쓸 줄 알았지 계산적인 구석이라곤 전혀 없는 그녀가 올바른 방향으로 성공을 거두기란 쉽지 않았을 것이다. 망아지 같은 덜렁이 소녀에서 어엿한 소설가로 성장한 그녀, 이 작품의 실질적 주인공인 조 마치 캐릭터의 모델은 『작은 아씨들』의 실제 저자인 루이자 메이 올컷으로 알려져 있다.

• 셋째, 베스

마치 자매의 셋째로, 조용하고 수줍음 많은 천성 탓에 대부분의 시간을 집 안에서 보낸다. 나서서 일을 벌이거나 사람들을 이끄는 리더 타입은 아니지만, 사랑하는 이들을 위해 기꺼이 고된 일을 도맡는 그녀의 순수한 호의는 자연스레 주위의 이목을 끄는 힘이 있다. 사실 그녀는 스스로 '특별한 장점이 없는 아이'라고 생각한다. 그러나 극단적으로 다른 성격을 지닌 네 자매가 돈독한 우애를 다지며 자랄 수 있었던 것은, 자식과 손녀를 잃고 마음의 문을 닫아버렸던 이웃의 로렌스 할아버지가 다시 한 번 삶의 의미를 찾을 수 있었던 것은, 언제나 따스한 손길로 상대의 아픔을 어루만져주는 베스의 치유력 덕분이었다. 어릴 때부터 병약해서 몇 번이나 가족들의 마음을 덜컥 내려앉게 만든 그녀지만, 생사의 기로에 선 순간에 "난 죽음이 두렵지 않아. 간직하고 떠날 사랑이 있으니까"라고 말할 수 있을 만큼 의연한 면모 또한 지니고 있다. 그런 의미에서 보면, 어쩌면 베스야말로 네 자매 중에서 가장 강인한 여성일지도 모른다. 한 가지 확실한 것은 그녀가 『작은 아씨들』의 모든 등장인물 중에서 우리에게 가장 밝은 미소와 가장 슬픈 눈물을 동시에 안겨준 소녀라는 점이다.

• 넷째, 에이미

처음 등장하던 시점에는 열두 살 꼬마 아가씨였지만, 그 시절부터 이미 누구보다 똑 부러졌던 네 자매의 막냇동생이다. 미술에 대한 애정과 자연스러운 소질을 타고났다. 예술가 성향이라는 점은 비슷해도, 글쓰기밖에 모르는 '어리숙한 천재'인 조와 달리 에이미는 재능과 현실 감각을 동시에 지닌 '냉철한 전략가'에 가깝다. 틈만 나면 진흙으로 습작을 만들며 실력을 쌓고, 원만한 처세술로 부유한 친척의 후원을 따

내며, 그러면서도 '능력의 한계를 만나면 순수 예술을 포기하고 돈을 벌겠다'며 이중 삼중으로 예비 플랜을 세워놓는 것이 바로 그녀다. 그러나 이토록 당찬 모습 뒤에는 어려운 가정 환경이라는 아픔이 있다. 서너 살 터울의 언니들은 아버지의 사업이 실패하기 전 유복했던 시절의 추억을 조금이나마 간직하고 있지만, 가난과 함께 유년기를 보낸 에이미는 동심을 누릴 새도 없이 조숙한 아이가 되어버렸다. "난 이제 애들 놀이를 하기엔 너무 커버렸어"라는 열두 살짜리의 당돌한 멘트에 마냥 웃을 수가 없는 것은, 미술 재료를 구하기 위해 전전긍긍하는 그녀의 모습에서 어른 못지않은 삶의 무게가 느껴지기 때문이다. 하지만 그녀는 운명의 신을 원망하는 대신 그를 포섭하는 편을 택했다. 가만히 있어도 행운이 굴러 들어온다며 조 언니의 부러움을 한몸에 받는 그녀의 '운발'은 사실 노력을 바탕으로 한 자신감에서 나온 것일지도 모른다.

루이자 메이 올컷은 1932년 미국 펜실베이니아의 가난한 가정에서 네 자매 중 둘째로 태어났다. 그녀의 아버지는 『월든』의 저자인 헨리 데이비드 소로나 『자기신뢰』의 저자 랄프 왈도 에머슨을 비롯하여 당대 최고의 사상가들과 가까이 교류하던 지식인이었으나, 정작 자신은 이렇다 할 업적을 남기지 못했을 뿐 아니라 경제적으로도 무능력하여 가족들을 곤경에 빠뜨리곤 했다. 현실 감각이 제로에 가까웠던 그는 경제적으로 타인에게 기대는 것을 당연히 여겼고, 아내와 자녀들은 물론 에머슨을 비롯한 지인들의 도움으로 근근이 생계를 이어갔다. 그런 마당에 성격은 가부장적이어서, 글쓰기를 좋아하고 자유분방한 둘째 딸의 성격을 죽이고 '여성이 지녀야 할 올바른 예절'을 주입하기 위해 온갖 노력을 기울였다.

하지만 그에게 단점만 있었던 것은 아니다. 올컷은 자신이 기억하는 최초의 순간이 '아버지의 서재에서 책을 가지고 놀던 일'이라고 말하며, 자신의 문학적 소양이 상당 부분 아버지에게서 물려받은 것임을 인정했다. 실제로 그녀에게 아버지는 원망과 동시에 존경의 대상이었던 것으로 보인다. 이상주의에 빠져 가족들을 고생시켰던 젊은 날의 그를 비판적으로 회고하면서도, 『작은 아씨들』의 성공으로 큰돈을 벌게 되자 책을 좋아하는 아버지가 마음껏 독서를 할 수 있도록 멋진 서재를 꾸며주는 등 죽는 날까지 편안히 모시기 위해 온 힘을 쏟았다.

그녀는 작가로서의 성취만큼이나 '좋은 딸'의 역할에 집착했고, 이러한 노력은 절반의 성공을 거뒀다. 어린 시절부터 가정교사는 물론 재봉 일을 비롯한 온갖 허드렛일을 하며 생활비를 보탰으며, 유명 작가로 성장한 후에는 실질적으로 가족의 생계를 책임졌다. 그림에 재능이 있는 막냇동생 메이의 학비를 대거나 그녀가 세상을 떠나면서 남긴 아이를 거둬서 키우는 일도 올컷의 몫이었다.

하지만 그녀는 여러 가지 의미에서 당대의 일반적인 여성들과(다시 말해서, 아버지가 원하던 이상적인 여성상과) 다른 삶을 살았다. 일단 올컷은 결혼을 하지 않았다. 메그 캐릭터의 모델이 된 첫째 언니 안나가 결혼했을 때 "언니 부부는 너무나 달콤하고 예쁜 커플이지만, 나는 자유로운 독신 여성으로 살며 인생의 배를 스스로 젓고 싶다"라는 일기를 썼던 그녀는 끝까지 그 신념을 지켰다.

19세기 여성 지식인들을 사로잡았던 참정권 운동에 뛰어들기도 했다. 그녀가 살았던 1800년대 후반은 여성들이 노동시장에 뛰어들면서 경제력을 손에 넣고 점차 사회적 목소리를 높여가고 있던 시기였다. 올컷은 저명한 여성 인권 운동가 수잔 B. 앤서니 등과 함께 참정권 운동에 앞장섰으며, 1880년 그녀의 고향이자 『작은 아씨들』의 무대이기도 한 매사추세츠주 콩코드에서 최초로 투표 등록을 한 20명의 여성 명단에 이름을 올렸다.

30여 권의 소설을 펴낸 작가로서, 노예 해방과 여성 해방에 뛰어들었던 사회 운동가로서, 가족의 행복을 책임지기 위해 고군분투하던 실질적 가장으로서 평생 열정적인 삶을 살았던 그녀는 1888년 3월 4일, 모든 팬들의 슬픔과 애도 속에 눈을 감는다. 그녀가 『작은 아씨들』을 집필했던 가족의 보금자리 오처드 하우스Orchard House는 훗날 박물관으로 개조되어 지금까지도 매년 4만여 명의 관광객을 불러 모으고 있다.

"남성은 사랑과 일을 동시에 성취하는 것이 당연시되는데, 어째서 여성은 그렇지 못한가?" 그녀가 생전에 소설 속 주인공의 입을 빌려서 남긴 말이다. 19세기라는 시대적 배경을 고려하지 않아도, '베스트셀러 작가'라는 타이틀을 떼고 본 대도, 그녀의 소신은 충분히 멋지다.

1

여동생이
있어서
다행이다

나를 가장 잘 아는 사람

장녀로 태어난 나는 기억조차 희미한 어린 시절부터 부모님
께 '대들보'라는 애칭을 들으며 자랐다. 형제라고 해봤자 고
작 세 살 차이의 여동생 한 명뿐이었는데도, 부모님의 눈에
는 맏이인 내가 가족을 든든하게 받쳐줄 기둥으로 보였던
모양이다. 그 세 글자짜리 단어가 세상 모든 장남, 장녀에게
따라붙는 책임감의 족쇄라는 사실을 알게 된 것은 꽤 나중
의 일이지만, 가끔씩 착한 일을 할 때마다 애정 어린 목소리
로 들려오던 그 호칭에 어딘지 묵직한 울림이 담겨 있다는
것 정도는 코흘리개 시절에도 분명히 알 수 있었다.

5년간 잘 다니던 직장을 그만두고 프리랜서 번역가가 되
겠다고 나섰을 때, 겨우 자리를 잡아갈 때쯤 또다시 내 글을

쓰고 싶다며 풋내기 작가를 자처했을 때, 경제적으로 당장 내 앞가림 정도는 할 수 있는 상황이었음에도 가족들 얼굴 보기가 민망했던 것은 그 '대들보'로서의 역할을 제대로 해내지 못하고 있다는 부끄러움 탓이었다.

사실 가족들이 내게 장녀로서의 무언가를 강요한 적은 한 번도 없었다. 맞벌이 직장인인 부모님과 역시 직장에 다니는 동생은 이 각박한 사회 안에서 나름대로 자리를 잡고 나보다 훨씬 건실하게 살아가는 사람들이었고, 서른 살도 넘어서 글을 쓴답시고 후드 티에 찢어진 청바지 차림으로 어슬렁거리는 나를 '나사 하나 빠진, 철없는 딸내미(이자 언니)'로 자연스레 받아들여주었다.

그럼에도 불구하고 나는 온전히 편한 마음을 먹을 수가 없었다. 어디서 어떤 일을 하고 있든, 오직 첫째들의 양심 센서에만 감지되는 경고가 이따금씩 마음을 무겁게 짓눌렀기 때문이다. 그 경고는 나직하면서도 확실한 음성으로 귓가를 맴돌았다. 제멋대로 사는 것은 맏이에게 어울리는 인생이 아니라고, 네게는 가족의 중심을 잡고 안정을 책임질 대들보로서의 역할이 있다고.

그래서일까? 나는 작은 아씨들의 맏언니이자 커다란 눈과 사랑스러운 입매를 지닌 열여섯 살 메그의 일상을 마주할 때마다 저도 모르게 깊은 공감을 느꼈다. 세 동생을 뒷바라지하며 어머니를 도와 집안일을 챙기는 그녀의 바쁜 뒷모습을 좇고 있자면, 하늘하늘한 실크 드레스와 섬세한 레이스 장갑을 동경하는 이 소녀가 선머슴인 현실의 나와 정반대 타입이라는 사실은 더 이상 중요하지 않았다. 사내아이처럼 활달한 조에게 숙녀답게 행동하라고 잔소리를 퍼부을 때면 살짝 얄밉기도 했고, 부잣집 아가씨들의 허영심에 휘말려 인형처럼 꾸미고 무도회의 구경거리가 되었을 때는 적잖이 답답하기도 했다. 하지만 그녀가 어머니의 가장 믿음직한 딸이자 막내 에이미에게 가장 다정한 첫째 언니라는 사실은 변하지 않는다.

우직한 베스가 엄마에게 드릴 손수건에 이니셜 대신 '엄마'라는 단어를 수놓았을 때, 말괄량이 조는 이상하다며 놀리기 바빴지만 메그는 울상이 된 셋째 동생을 차분히 달래주었다.

"괜찮아. 정말 현명하고 좋은 생각이야. 엄마도 기뻐하실 거야. 언니가 보장할게."

작가의 묘사에 따르면 '조금 허영기가 있기는 해도 신실하고 상냥한 성품'을 지녔고, '충고를 할 때에도 늘 다정한 태도를 잃지 않는' 이 첫째 작은 아씨는 알게 모르게 가족들의 무조건적인 사랑과 신뢰를 받는다.

몰락한 집안의 맏이로서 그녀가 감내해야 할 무게는 동생들에 비할 바가 아니었다. 고작 십대 중반의 나이에 뛰어든 가정교사 일의 고단함보다도 그녀를 더 비참하게 만든 것은 유복하고 즐거웠던 지난날에 대한 기억이었다. 집안이 부유하던 시절, 안락함과 쾌적함이 넘치고 부족함이 없었던 생활을 잘 기억하고 있는 그녀는 가난을 받아들이기가 누구보다 힘들었다. 그 와중에 가정교사로서 부잣집에 매일같이 출근하며, 한때 누렸지만 앞으로는 영영 누리지 못할 화려한 삶을 옆에서 지켜보아야 한다는 것은 자존심 강한 소녀에게 견디기 힘든 고통이었을 것이다.

하지만 다행히도 그녀에게는 사랑 넘치는 가족이 있었다. 가족과 함께하는 일상의 따뜻함이야말로 냉혹한 현실의 칼바람으로부터 그녀를 지켜주는 빛이자 온기였다. 예쁜 선물도 풍성한 만찬도 없이 맞이한 크리스마스이브 아침, 낡고 초라한 드레스를 바라보며 아쉬움 가득한 눈빛으로 지난날을 추억하던 그녀에게 베스가 말한다.

"하지만 우리에겐 아버지와 어머니, 또 자매들이 있잖아. 며칠 전에 언니는 우리가 킹 씨네 아이들보다 훨씬 행복하다고 했지? 그 애들은 돈이 많은데도 항상 싸우고 사이가 좋지 못하다면서."

다정한 동생의 따뜻한 위로는 메그가(그리고 우리들이) 잠시 잊고 있었던 소박하면서도 소중한 행복을 새삼 일깨운다.

"그랬지, 베스. 난 정말 우리가 더 행복하다고 생각해. 비록 일을 해야 하긴 하지만 우리끼리 재미있게 놀 수 있잖아. 조의 말을 빌리자면, 우린 죽여주게 즐거운 네 자매*야!"

● 펭귄클래식코리아에서 출간한 『작은 아씨들 1』(유수아 옮김)에서 인용하였다.

이별 후에 찾아오는 것들

아무렇지 않은 이별이란 없다. 한때 삶의 일부였던 존재와의
헤어짐은 언제나 우리 마음에 파장을 가져온다. 소중한 사람
과의 안타까운 이별은 말할 것도 없고, 아끼는 물건과의 예
기치 못한 작별이나 '다시는 마주치지 말자'며 돌아서는 냉
정한 관계의 끝조차도 자세히 들여다보면 저마다의 슬픔을
안고 있다. 남들 눈엔 아무것도 아닌 짧은 이별일지라도 당
사자들에게는 가혹한 운명의 장난이자 잔인한 현실의 벽이
다. 어린이집 버스 앞에서 엄마와 떨어지기 싫다고 목 놓아
우는 아이의 마음을 마냥 가벼운 투정으로만 여길 수 있을
까? 사랑하는 이의 음성마저 놓지 못해 몇 시간이고 통화를
이어가는 연인들의 마음을 그저 유난스러운 감정놀음으로

만 치부할 수 있을까?

『작은 아씨들』 네 자매의 이야기는 애초에 이별과 함께 시작된다. 우리가 이 소녀들을 처음 만났을 때, 그들은 벽난로 앞에 모여 앉아 전쟁터로 떠난 아버지를 그리워하고 있었다. 아무도 입 밖으로 꺼내진 못했지만, 마음속으로는 저도 모르게 '어쩌면 다시 돌아오실 수 없을지도 몰라……'라는 불길한 생각을 떠올리면서. 다행히 아버지는 무사히 가족의 품으로 돌아오지만, 그 뒤로도 소녀들 앞에는 온갖 종류의 이별이 찾아온다. 유일한 이웃이자 친구였던 로리는 대학에 가면서 마을을 떠나고, 메그는 브룩과 결혼하면서 신혼집으로 보금자리를 옮긴다. 조와 에이미는 더 넓은 세상에서 재능을 펼치기 위해 각각 뉴욕과 유럽으로 향한다.

아직 이별에 대한 면역이 없던 어린 시절, 내게 헤어짐이란 그 자체로 가슴 저미는 아픔을 상징했다. 할머니 댁에 놀러갔다가 돌아오는 길이면 눈물부터 쏟아져 나왔고, 갑작스레 전학 소식을 전한 친구네 집에 찾아가 가지 말라며 대성통곡을 한 적도 있었다(SNS도 휴대폰도 존재하지 않던 그 시절, 다른 지역으로의 전학은 말 그대로 영원한 이별을 의미했다). 어릴 때부터 안고 잤던 '토순이' 인형을 엄마가 버렸을 때, 발밑이 무너지고 하늘이 주저앉는 충격을 받았던 기억도 난다.

하지만 눈물샘에 수량이 풍부한 꼬맹이의 상실감과는 무관하게 현실의 시간은 타박타박 흘렀고, 그사이 나는 셀 수 없이 많은 이별을 경험하며 만남의 인사만큼이나 작별 인사에 익숙한 어른이 되었다. 대학교 졸업식은 초등학교 졸업식만큼 우울하지 않았다. 세 번째 남자친구와의 이별은 첫사랑과의 헤어짐만큼 사무치지 않았다. 고향의 가족과 친구들을 볼 수 있는 날이 1년에 한 달도 채 안 된다는 사실도 언젠가부터 자연스러운 현실로 받아들여졌다.

그러나 이별로 가득한 지금의 내 삶은 어릴 때 상상했던 것만큼 마냥 쓸쓸하지 않다. 헤어짐의 순간은 여전히 슬프지만, 그 힘든 문을 통과함으로써 비로소 얻어지는 새로운 인연이 있다는 사실을 조금쯤은 이해하게 된 것이다.

메그가 새 가정을 꾸리지 않았다면 그녀의 동생들은 데미와 데이지라는 예쁜 쌍둥이 조카를 만나지 못했을 것이다. 익숙한 집을 떠나 낯선 세상으로 나간다는 선택을 하지 않았다면 로리와 에이미는 평생의 짝이 되지 못했을 것이고, 조는 바에르 씨와 마주칠 기회를 영영 놓쳐버렸을 것이다.

지금 내 머릿속을 스쳐가는 소중한 인연들 또한 돌이켜보면 최소한 하나 이상의 이별 스토리와 연결되어 있다. 19년간 살았던 정든 도시와 작별한다는 힘든 결정을 내리지 않았다

면 대학 친구 M을 만나 가까워질 기회는 물론, 고향 친구 C
와 쌓은 우정의 깊이를 새삼 확인할 기회도 없었을 것이다.

쓰고 독한 커피의 첫맛 뒤에 고소하고 달큰한 뒷맛이 숨
어 있듯, 슬프고 힘든 이별의 끝자락에는 설레는 인연의 시
작이 숨어 있다. 그런 관점에서 보면, 이별은 커피와 마찬가
지로 '어른의 맛'인지도 모르겠다.

LITTLE WOMEN

넷만 있다면 죽여주게 즐거워

조는 어린 시절 실수로 에이미를 석탄 통에 떨어뜨렸다. 에이미는 자신을 극장에 데려가지 않은 앙갚음으로 조가 몇 년 동안 써 모은 원고를 태워버렸다. 조는 호수의 얼음이 녹아서 위험하다는 사실을 알면서도 에이미가 스케이트 타는 것을 말리지 않아 큰 사고를 냈다. 에이미는 의도치 않았지만 조의 평생소원이었던 유학 기회를 가로챘다.

독특한 개성을 가진 네 자매 중에서도 유달리 다른 두 사람. 책 읽기와 글쓰기를 좋아하고 소녀보다는 소년에 가까운 성격을 지닌 조와 우아한 것을 좋아하고 어릴 때부터 숙녀가 되길 염원했던 에이미. 톰과 제리 같은 두 사람은 정말 밤낮없이 부딪친다. 매사추세츠 교외의 한적한 마을에서 조용하고 차분하게 살아가는 마치 가족이지만, 털털한 둘째 딸과 새침한 넷째 딸이 한자리에 모이면 어김없이 옥신각신 시끄러운 소리가 들려온다. "집이 너무 엉망진창이야!" 덤벙대다가 잉크병을 엎지른 조가 제풀에 짜증을 내면 에이미가 날름 끼어들어 화를 돋운다. "근데 거기에 제일 일조하는 사람이 언니거든?" 그렇다고 해서 이 금발 머리의 도도한 막내가 혼자서 얄미운 역할을 독차지하는 것은 아니다. 철자법에 약한 동생이 단어 실수를 할 때마다 귀신같이 잡아내서 상대가 폭발할 때까지 놀려대는 것은 오직 조만이 하는 짓이니까.

하지만 이 두 사람이 서로를 미워하는 것은 아니다. 내가 갖고 있는 펭귄클래식 버전으로 약 800페이지에 달하는 『작은 아씨들』 속에서 조와 에이미가 서로에게 드러내놓고 애정을 표현하는 장면은 거의 없지만, 이 둘이 서로를 아끼고 사랑한다는 사실을 의심하는 독자는 거의 없을 것이다. 어째서일까? 우리는 그 이유를 알고 있다. 그것은 조와 에이미가 우리 주변에서 흔히 볼 수 있는 '현실 자매'이기 때문이다.

동생들에게 충고를 할 때에도 결코 다정한 태도를 잃지 않는 메그와 누구와도 다투지 않는 평화주의자 베스는 보는 이의 입가에 절로 미소를 머금게 하는 사랑스러운 소녀들이다.

하지만 나를 포함해서 언니나 여동생과 한 지붕 아래 살아본 사람이라면, 실제로 자매 사이에 이런 관계가 거의 성립할 수 없다는 사실을 잘 알고 있을 것이다(마음 같아선 '절대 성립할 수 없다'고 하고 싶지만, 세상 모든 일에는 예외가 존재할 수 있으니까).

자매란 모름지기 다투고, 울고, 서로의 존재를 징글징글하게 여기며 자라기 마련이다. 학창 시절, 친구들끼리 만난 자리에서 언니나 여동생의 험담이 화제에 오르는 것은 그다지 특별한 일도 아니었다. 언니들은 왜 그렇게 동생 옷을 훔쳐 입고 외출을 하는지. 동생들은 왜 또 그렇게 언니 물건을 몰래 갖다 쓰는지. 하지만 신나게 험담을 하다가도, 친구들이 공감해준답시고 "그러게, 너희 언니(동생) 진짜 이상하다"라는 맞장구를 쳐주면 우리는 문득 잊고 있었던 그녀의 좋은 점을 떠올리곤 했다. 자매에 대한 뒷담화가 대개 "근데 우리 언니(동생)도 착하긴 착해……"라는 모질지 못한 결론으로 이어진 것은, 불평불만으로 가득한 표현 이면에 상대를 아끼고 사랑하는 말랑말랑한 본심이 숨어 있었기 때문이다.

자매는 본질적으로 다른 듯 닮은 존재이다. 남매와 달리 성별이 같다는 점 또한 언니와 여동생을 특별한 관계로 이어준다. 우리는 많은 것을 공유하고, 다양한 측면에서 서로에게 자극을 준다. 우리가 그렇게 아웅다웅하며 어린 시절을 보내는 것은, 어찌 보면 상대방에게서 지우고 싶은 내 모습과 가지고 싶은 내 모습을 동시에 발견하는 탓일 것이다.

나는 어릴 때부터 동생이 지닌 짙은 쌍꺼풀과 가느다란 손가락, 부드러운 머리칼을 동경했다. 많은 곳이 닮았는데도, 그 몇 가지 차이는 동생을 나보다 훨씬 더 서구적인 미인형 외모로 만들어주었다. 성격 면에서도 내 눈에 비친 동생은 언제나 쿨하고 당당한 소녀였고, 낯선 인간관계 앞에서 움츠러드는 소심한 나와 달리 특별한 노력을 하지 않아도 모두에게 사랑받는 행운아였다.

내가 동생에게 이런 부러움을 처음으로 표현한 것은 우리 둘 다 성인이 되어 함께 맥주잔을 기울일 수 있게 되었을 때였다. 생맥주 두 잔에 취해 주절주절 늘어놓는 내 애기를 가만히 듣던 동생은 비슷하게 취기가 오른 목소리로 대답했다. 자신은 항상 내 큰 키를 부러워했고, 책을 좋아하는 취미나 조직의 틀에 얽매이지 않고 자기만의 길을 찾아 나가는 모습을 동경해왔다고.

세월은 많은 것을 바꿔놓았다. 어느 새 서른을 넘긴 나와 곧 서른이 되는 동생은 이제 어린 시절만큼 다투지 않는다. 우리는 이미 셀 수 없는 싸움을 통해 서로의 성향을 파악했고, 사는 곳이 달라지면서 자주 볼 수 없다는 애틋함을 품게 되었으며, 냉혹한 사회생활을 겪으며 얼마 없는 '내 편'의 소중함을 더 절실히 느끼고 있다.

물론 우리는 여전히 메그와 베스보다는 조와 에이미에 더 가까운 자매이다. 핑크색 소품과 치렁치렁한 레이스를 좋아하는 동생의 취향은 백번을 봐도 이해가 안 된다. 동생은 동생대로 정체불명의 시커먼 기름때가 묻은 운동화를 아무렇지 않게 신고 다니는 나를 이해하지 못한다("언니 서울에서 글 쓴다더니, 사실은 주유소에서 일하는 거 아냐?"). 하지만 조와 에이미가 그러하듯이, 우리는 어떤 의미에서 서로를 가장 정확히 알고 있는 사람들이다.

얼마 전 여행을 다녀오면서 핑크색 벚꽃 문양이 찍힌 냉장고 자석을 사 왔다. 내 눈에는 그다지 예뻐 보이지 않았지만, 그럼에도 그 물건을 발견한 순간 내 지갑은 망설이지 않고 열렸다. 바로 그 색과 바로 그 무늬가 내 동생을 웃게 하리라는 사실을, 나는 분명히 알고 있었기 때문에.

"머리는 태워먹고 낡은 드레스에 장갑은 한 짝씩 나눠 꼈지만, 바보같이 꽉 끼는 구두를 신었다가 발목을 삐었지만, 어떤 숙녀들도 우리만큼 즐겁진 않았을 거야."

- 『작은 아씨들』 중에서

"I don't believe fine young ladies enjoy themselves a bit more than we do, in spite of our burned hair, old gowns, one glove apiece and tight slippers that sprain our ankles when we are silly enough to wear them."

우리에겐 베스가 있었다

살다 보면 서로 참 다르고, 그러면서도 신기하리만치 잘 맞는 인연을 만날 때가 있다. 내게는 대학 신입생 시절 과 동기로 만난 세 친구가 그랬다. 첫 학기에 우연히 같은 수업을 들었고, 정신을 차려보니 어느새 뭉쳐 다니고 있었지만, 찬찬히 짚어보면 우리는 친하게 지내는 것 자체가 이상하게 느껴질 만큼 판이하게 다른 사람들이었다.

달랑 네 명의 멤버로 이뤄진 그룹이었지만, 우리의 고향은 각각 서울과 광주, 김해, 대구로 전국 각지에 골고루 흩어져 있었다. 출신지가 다르다 보니 어릴 때부터 익숙해진 문화나 습관 또한 제각각이었다(순대에는 소금을 찍을 것인가, 초장을 찍을 것인가? 회에는 막장이 정석인가, 아니면 고추냉이 간장이 진리인가?). 한 명은 세례명을 두 개나 가진 모태 천주교 신자였지만 한 명은 교내 불교 동아리의 부회장이었고, 나머지 두 명도 깨알같이 기독교와 무교였다. 어쩌다 다 같이 영화관에 가도 결국엔 의견 일치를 보지 못한 채 매표소 앞에서 헤어져 각자 보고 싶은 영화를 보러 들어갔다. 실제로 작가의 네 자매를 모델로 삼았다는 일화를 믿기 어려울 정도로 저마다 확고한 캐릭터를 지닌 메그와 조, 베스, 에이미처럼, 우리는 너무 다른 성격과 상반되는 취향을 지니고 있었다.

하지만 멤버가 넷이라거나 밥 한 끼를 먹을 때마다 파스타와 돼지국밥 사이에서 논쟁이 벌어진다는 사실보다 우리를 네 자매에 더 가깝게 만들어준 요소는, 우리가 그녀들과 마찬가지로 우연의 힘으로 만난 소중한 관계라는 점이었다. 우연히 같은 부모님 밑에서 태어나지 않았다면 아마 서로를 전혀 이해하지 못했을 네 소녀가 가족이라는 울타리 안에서 누구보다 돈독한 자매로 이어졌듯, 모 대학의 영문과에 입학하지 않았다면 평생 마주칠 일도 없었을 우리 네 사람은 '동기'라는 인연의 힘을 빌려 누구보다 가까운 친구가 되었다.

그리고 마치 가족의 네 자매와 마찬가지로, 우리에겐 베스가 있었다.

정말 지독히도 다른 우리였지만, 함께 대학에 다니는 4년 동안 크게 다툰 적은 한 번도 없었다. 물론 가장 큰 이유는 서로를 아끼고 좋아하는 마음이었다. 하지만 지금 와서 돌이켜보면, 같은 학교 같은 과에 다니는 동갑내기 대학생이라는 유대감 또한 우리가 그 많은 차이점을 상쇄하고 우정으로 똘똘 뭉칠 수 있었던 중요한 배경 중 하나였다. 함께 수업을 듣고, 시험공부를 하고, 울고 웃으며 취업 준비를 하던 그 시절, 우리에게 점심 메뉴나 영화 취향의 차이 같은 것은 지극히 부차적인 문제에 불과했다.

하지만 졸업을 하고 각자의 길이 갈리면서 우리 사이에서는 미처 눈치챌 틈도 없이 미세한 균열이 생기기 시작했다. 고향은 달라도 매일 같은 공간에서 종일 부대끼던 우리였지만, 이제는 서울 곳곳에 흩어져 몇 달에 한 번씩 얼굴 보기도 어려운 처지가 되었다. 같은 서울이라도 잠실과 광화문은 너무 멀었고, 모두들 아침부터 저녁까지 파김치가 되도록 사회생활에 시달리는 사정을 감안하면 정신적 거리는 물리적 거리를 아득히 뛰어넘었다. 직업이 달라지면서 서로의 사정을 이해하지 못하는 일도 생겼다. 법률사무소 사무직이었던 나는 IT회사 영업부서에서 일하는 D의 회사 이야기를 제대로 알아듣지 못했고, 무역회사 해외구매팀에 취업한 K는 공기업에 다니는 M의 고충을 공감하지 못했다.

이렇게 서서히 쌓여가던 앙금이 불시에 터져 나온 것은 겨우 시간을 맞춰 어렵게 모인 어느 겨울날의 송년 모임 자리였다. 그날은 왠지 처음부터 합이 잘 맞지 않았다. 모임 장소며 메뉴를 정하는 부분에서부터 슬쩍 슬쩍 볼멘소리가 나오더니, 아니나 다를까 한창 대화가 무르익을 무렵 D와 K가 언쟁을 벌이기 시작했다. 계기는 사소했지만, 한번 불편한 심정을 드러낸 두 친구는 관성에 이끌리듯 마음속에 담아두었던 이야기들을 토해냈다. K는 그동안 내내 신경 쓰였다며, 넷이 모일 때마다 D가 이기적으로 자기 회사에서 가까운 장소를 잡는 것이 불만이었다고 쏘아붙였다. 발끈한 D는 모두의 동선과 취향을 고려해서 식당을 고르느라 얼마나 힘들었는지 아느냐며, 오히려 다 같이 보는 자리임에도 자기 외에는 아무도 장소에 대한 의견을 적극적으로 내지 않는 점이 서운했다고 되받아쳤다. 모임의 분위기에 민감한 나는 언쟁의 주제를 떠나서 오랜만에 만난 친구들이 싸운다는 사실 자체에 기분이 확 상했다.

베스가, 아니 M이 없었다면, 우리의 우정은 졸업과 함께 자연스레 멀어지는 다른 학창 시절 인간관계처럼 채 20대를 넘기지 못하고 깨져버렸을지도 모른다. 평소 가장 말수가 적고 늘 웃으며 상대의 의견에 맞춰주는 편이던 M은 다급히 친구들을 말리며 모두가 이 자리를 만들기 위해 얼마나 무리해서 시간을 맞췄는지, 이렇게 멀어지기엔 우리가 서로에게 얼마나 소중한 존재인지 상기시켰다. "너희가 이렇게 싸우는 건 말도 안 돼. 지금 여기서 제일 먼 건 우리 집이라고. 이 중에 택시비 2만 원 나오는 사람 있어?"

천연덕스러운 M의 농담은 굳은 표정으로 팔짱을 낀 채 싸움을 지켜보던 내 마음을 한순간에 녹여버렸다. 가시 돋친 말을 쏟아내던 두 친구도 이내 자신이 상대의 마음을 오해했던 것 같다며 서로에게 사과를 건넸고, 우리는 그렇게 싸우기 전보다도 한층 훈훈해진 공기 속에서 회사 욕과 학창시절 추억담으로 가득한 평소의 대화로 돌아갈 수 있었다.

베스는 수줍음이 많고 조용한 소녀지만 꼭 필요할 때에는 선뜻 나서서 누구보다 적극적으로 도움의 손길을 내민다. 사람들이 자신의 희생을 좀처럼 깨닫지 못한다 해도, 그녀는 사랑하는 이들의 행복한 모습을 지켜보며 순수한 기쁨과 보람을 느낀다. 강하고 예민한 성격 탓에 늘 부딪치기 일쑤였던 사춘기의 조와 에이미가 한 지붕 아래서 그럭저럭 조화를 이루며 지낼 수 있었던 것은 8할이 베스의 헌신적인 중재 덕분이었다.

자칫 우울하게 끝날 뻔했던 그 송년 모임 이후로 몇 년의 시간이 흐르도록 우리 넷의 우정은 여전히 지속되고 있다. 감사하게도 그 이후로는 크게 싸운 적도 없다. 말할 필요도 없이, 그 뒤에는 알게 모르게 우리를 보듬고 이어주는 M의 따뜻한 마음이 있었다.

얼마 전에는 새로 이사 간 M의 집들이가 있었다. 누군가 버너를 켜다가 식탁에 깐 신문지에 불을 붙이는 바람에 주방이 연기투성이가 됐지만, 집주인은 그저 사람 좋게 웃었다. 대충 환기를 시키고 고기와 상추에 달라붙은 재를 떼어내며 삼겹살 파티를 즐기는 동안, 나는 문득 30대가 된 우리의 모습을 작은 아씨들에 겹쳐보았다. 서로 다른 우리가 이렇게 행복한 시간을 보낼 수 있는 것이 마냥 우연의 선물만은 아니라는 새삼스러운 자각과 함께.

소중한 '내 사람'이 되기까지

대학 새내기 때 학교에서 마주친 G의 첫인상은 그야말로 '범생이'였다. 멋이라곤 부릴 줄 모르는 투박한 옷차림에 책이 가득한 백팩에 눌려 늘 구부정하게 걸어 다니는 특유의 걸음걸이, 공부 외에는 아무 데도 관심 없다는 듯한 기색을 풀풀 풍기는 무심한 분위기까지. 과 수석이라는 밥맛없는 소문을 듣지 않았더라도 특별히 친해지고 싶은 동기는 절대 아니었다.

사회 초년생 때 회사에서 마주친 B선배의 첫인상은 그야말로 '쎈 언니'였다. 눈꼬리가 쭉 올라가게 그린 길고 두꺼운 아이라인에 언제 봐도 웃음기라곤 찾아볼 수 없는 도도한 표정, 소심한 신입사원에게 살갑게 말을 걸어주기는커녕 업

무상 대화할 때도 절대 필요 이상의 얘기를 하지 않는 무뚝뚝한 성격까지. 그렇지 않아도 잔뜩 위축되어 있던 햇병아리 시절의 내가 그녀를 최대한 피해 다니리라 다짐한 것도 무리는 아니었다.

'세상에는 참 각양각색으로 이상한 사람들이 많은 것 같다. 가능하면 엮이지 말고 살아야지……'라고 생각한 것도 잠시, 방금 달력을 보다가 이상한 표시를 발견했다. 응? 이번 주말에 G랑 홍대에서 영화를 보기로 했다고? 저건 또 뭐야? 다음 주 목요일에는 B선배랑 저녁을 먹기로 되어 있네? 심지어 그 언니 집에서!

인간관계는 첫인상이 좌우한다고들 한다. 서점가 자기계발서 코너에 흔히 보이는 이미지 관련 서적들도 입을 모아 말하고, 굳이 책까지 펼쳐보지 않아도 호감 가는 첫인상이 마음의 문을 쉽게 열어준다는 것 정도는 누구나 경험을 통해 알고 있을 것이다.

그럼에도 불구하고, 내 지인들과의 만남을 찬찬히 돌아보면 첫눈에 호감이었던 경우와 그렇지 못했던 경우가 거의 절반씩 떠오른다. 그저 그런 느낌도 아니고 아예 첫인상이 비호감이었던 경우도 적지 않다.

어째서 이런 일이 일어나는 걸까? 나와는 절대 인연이 아니라고 단정 지었던, 심지어 피해 다니려고까지 마음먹었던 사람들이 언제, 어떻게 내 삶에 이다지도 깊게 들어온 것일까? 심리학자도 인류학자도 아닌 내가 정확한 답을 내놓을 순 없겠지만, 한 가지 확실한 것은 서글서글한 호감형 인상으로 다가왔던 수많은 사람들이 잠깐의 인연으로 스쳐 지나가는 동안 G와 B선배는 누구보다 소중한 '내 사람'으로 자리 잡았다는 사실이다.

베스에게는 옆집의 로렌스 할아버지가 이런 존재였다. 세상 누구보다 여리고 소심하던 그녀는 조를 따라 로렌스 저택에 놀러 갔다가 무서운 눈빛으로 자신을 노려보며 "어이, 너!"라고 소리치는 낯선 노인의 존재에 혼비백산하여 도망치고 만다. 마룻바닥이 울릴 정도로 덜덜 떨며 돌아온 그녀가 '두 번 다시 로렌스 씨 댁에 가지 않겠다'고 선언한 것은 당황스럽긴 해도 놀라운 일은 아니었다.

로렌스 할아버지의 다정한 본성을 잘 아는 조는 동생을 열심히 설득하지만, 이미 부정적인 첫인상에 조개껍데기처럼 닫혀버린 베스의 마음은 쉽게 열리지 않는다. 심지어 로렌스 저택 응접실에 평소 베스가 꿈에 그리던 그랜드 피아노가 있다는 회유도 그녀의 결심을 돌리기엔 역부족이었다.

두려움에 꽁꽁 얼어붙은 베스의 마음을 녹이기 위해서는

마치 가족과 로렌스 가족이 총동원된 양동 작전이 필요했다. 마치 부인과 로렌스 할아버지는 일부러 큰 목소리로 대화를 나누며, 오전 9시 이후에는 그랜드 피아노가 있는 공간 근처에 아무도 접근하지 않는다는 이야기를 자연스럽게 베스의 귀에 흘린다. 결국 그녀는 조금씩 용기를 냈고, 그렇게 갈색 망토를 입은 작은 소녀는 매일같이 두 집의 담장을 넘나들며 휑하던 로렌스 저택을 아름다운 피아노 선율로 채워가기 시작한다.

상처를 두려워하던 노신사와 겁 많은 소녀가 조금씩 마음을 열고, 감사의 선물을 주고받고, 어느새 서로에게 가장 가까운 친구가 되는 이 장면은 내가 『작은 아씨들』에서 가장 좋아하는 대목 중 하나이다.

진주는 애당초 조개껍데기 안으로 들어온 이물질로부터 생겨난다고 한다. 예기치 못하게 조개 속으로 들어온 모래알 따위가 조갯살에 상처를 내고, 이 상처를 회복하는 과정에서 분비되는 성분과 이물질이 합쳐지면서 아름다운 진주가 생겨나는 것이다.

모든 상처와 이물질이 진주를 만들어내진 않겠지만, 처음 만난 순간에는 따끔하고 불편하더라도 시간의 흐름에 따라 매끄럽게 빛나는 보석으로 다듬어지는 관계도 분명히 있다.

베스와 로렌스 할아버지를 봐도 그렇고, 나와 내 친구들을 봐도 그렇다.

참고로 완전히 가까워진 뒤에 들은 바로는, G는 나를 처음 봤을 때 할 말 다 하는 '쎈 언니' 같다고 느꼈으며 B선배는 나를 둔하고 소심한 '범생이' 이미지로 봤다고 한다.

세상에는 베스처럼 조용하고 수줍어하며 늘 구석에 조용히
앉아 있지만, 필요한 순간이면 누구 하나 그 희생을 알아주
지 않더라도 기꺼이 도움의 손길을 내밀며 살아가는 이들이
많다.

– 『작은 아씨들』 중에서

*There are many Beths in the world, shy and quiet, sitting in
corners till needed, and living for others so cheerfully that no
one sees the sacrifices.*

착한 사람 콤플렉스

"어리석은 결정이라도 어쩔 수 없어. 나를 위해 물건을
사느라 고생하셨을 엄마를 속상하게 할 순 없으니까."

이 간략하면서도 단호한 대사와 함께, 메그는 내 안에서
'영원히 미워할 수 없는 캐릭터'의 반열에 올랐다. 어머니를
생각하는 효심이 갸륵해서? 흠, 절반은 맞고 절반은 틀렸다.
사랑하는 이의 감정을 배려하는 그녀의 상냥한 마음 씀씀이
는 언제 봐도 흐뭇하고 대견하다. 하지만 예상치 못하게 내
안의 공감 세포를 저격하며 경계심을 무장 해제시킨 이 두
마디 대사에서, 나는 효심과 배려심을 뛰어넘는 마치가 장녀
의 착한 아이 콤플렉스를 발견했다.

메그는 부유한 친구 애니의 초대로 장장 2주에 걸쳐 열리는 화려한 파티에 참석할 기회를 얻는다. 늘 사교계의 일원이 되길 꿈꿨던 그녀는 어려운 형편을 무릅쓰고 가족과 친구들의 도움을 받아 2주 동안 돌려 입을 드레스와 장신구를 겨우 마련한다. 자세히 뜯어보면 디자인도 색도 유행이 살짝 지난 것들뿐이지만, 그래도 열심히 장만하고 손질한 덕분에 완벽하진 않아도 나쁘지 않은 정도로는 구색을 갖출 수 있었다. 딱 하나, 문제의 그 우산만 빼고.

그토록 염원하던 사교계 파티에 낡은 드레스와 물려받은 부채를 들고 참석하는 딸의 모습이 안타까웠는지, 마치 부인은 없는 살림에 무리를 해서라도 딸에게 우아한 숙녀의 필수품인 새 우산을 사주기로 결정한다. 메그는 이 믿기지 않는 소식에 날아갈 듯 기뻐하며 엄마에게 최신 유행의 디자인을 조잘조잘 설명한다. 그러나 부푼 기대가 무색하게도, 장을 보러 나갔다 돌아온 엄마의 손에는 메그가 바라던 우아한 진줏빛 우산이 아니라 노란색과 초록색이 보기 싫게 섞인 촌스러운 물건이 들려 있다.

메그는 눈처럼 하얀 실크 우산을 들고 나올 친구들을 떠올리며 울상이 된다. 언니의 안색을 눈치챈 동생 조는 우산을 갖고 상점에 가서 원하는 디자인으로 바꿔 오길 추천한다. 하지만 메그는 속이 상해 발을 동동 구르면서도 단호한 목소리로 대답한다.

"나를 위해 물건을 고르고 사 왔을 엄마의 마음을 아프게 할 수는 없어. 어리석은 결정일지라도, 이 우산을 들고 파티에 가야만 해."

메그가 물건을 바꿔 왔다면, 과연 마치 부인이 딸에게 실망한 모습을 보였을까? 이성적이고 관대한 부인의 평소 성격을 봐도 그렇고, 큰언니 못지않게 엄마를 사랑하는 동생의 조언을 봐도 그렇고, 기왕 큰맘 먹고 구입한 우산을 마음에 드는 디자인으로 교환한다고 해서 가족 중 누군가가 그녀를 비난할 것 같지는 않다. 만약 같은 일이 동생들에게 일어났다면, 이 사소한 에피소드의 결말은 메그의 경우와 사뭇 달랐을 것이다. 모르긴 몰라도 조라면 당당하게, 에이미라면 센스 있게 자신이 원하는 디자인을 손에 넣고 모두가 만족할 만한 결론에 도달했을 테니까.

사실 메그는 종종 남을 배려해야 한다는 압박에 못 이겨 답답한 결정을 내리곤 한다. 역설적이게도, 그 결과는 대개 모두의 행복과 거리가 멀다. 당장 애니 집에서 열린 파티에서는 자신의 초라한 모습에 위축되어 풀이 죽는 바람에 오히려 가족들의 마음을 아프게 했고, 훗날 결혼을 한 뒤에는 남편에게 힘든 모습을 보일 수 없다는 책임감에 혼자서 무리하다가 결국 오해가 쌓여 큰 다툼을 벌였다. 그리고 나는 이런 그녀의 모습이 마냥 남의 일처럼 느껴지지 않는다.

대학 시절 혼자서 미국 여행을 간 적이 있었다. 이민을 떠나 시애틀 부근에 정착한 엄마 친구분이 숙소를 제공해주신 덕에 가능했던 기회였다. 그곳에 몇 주간 머물고 떠나던 날, 나는 어느새 '이모'라고 부를 정도로 가까워진 친구 분께 작별 인사와 함께 장난스러운 영업 멘트(?)를 날렸다. "이모, 제가 여기서 얼마나 착하게 굴었는지 우리 엄마한테 꼭 얘기해주셔야 해요!"

"그럼. 당연하지." 이모는 시원스럽게 대답하더니, 신기하다는 투로 한마디 덧붙였다. "근데, 네 또래에 그렇게 엄마한테 잘 보이려고 하는 아이는 거의 없지 않니?"

당시에는 "그런가요?" 정도로 대수롭지 않게 흘려 넘겼던 그 말을, 나는 그로부터 거의 10년이 지난 시점에 진지하게 곱씹게 된다. 그사이 스무 살 대학생이었던 나는 졸업과 취업을 거쳐 5년 차 직장인이 되었고, 그동안 쌓은 경력을 모두 포기한 채 퇴사를 고민할 정도로 조직 생활에 심각한 염

증을 느끼고 있었다. 이런 상태로 수십 년을 더 버틸 수 있다는 생각은 도저히 들지 않았고, 현실적인 가능성을 따져봐도 다른 길을 찾으려면 더 늦기 전에 이곳을 떠나는 편이 옳았다. 하지만 휴학 한 번 없이 취업에 성공한 딸을 자랑스러워하던 부모님을 생각하면 도저히 퇴사 얘기를 꺼낼 수가 없었다.

그때 느꼈던 그 커다란 두려움의 정체를, 지금은 정확히 정의할 수 있다. 나는 직장을 잃는 순간 가족의 신뢰마저 잃어버릴까 봐 두려웠던 것이다. 엄마 친구 댁에서 머물던 때와 마찬가지로, 나는 '착하게 구는' 자랑스러운 딸이 되지 못하면 가족으로서의 내 가치가 없어진다고 여겼다.

하지만 모든 상황이 정리된 현재 시점에서 돌이켜보면, 퇴사 결심을 목전에 두고 있던 당시의 나는 이미 힘든 기색을 감추지 못하며 가족들에게 충분한 걱정을 끼치고 있었다. 그때는 제대로 인지하지 못했지만, 나는 '가족 때문에 버틴다'는 자기 합리화를 하며 정작 가족들이 내 눈치를 보게 만드는 우스운 상황을 연출하고 있었다. 이것이 바로 착한 아이 콤플렉스의 서글픈 결말이었다.

결과적으로 나는 직장을 나왔고, 약 1년간의 백수 시절을 거쳐 어찌어찌 프리랜서로 먹고살 길을 찾았다. 당연한 얘기지만, 내가 아무리 불안하게 흔들리고 있을 때도 가족은 변함없이 내 곁을 지켜주었다. 눈물 콧물 한 바가지를 쏟으며 그 시간을 보내고 나서야 나는 비로소 내 행복이 바로 그들의 행복이라는 사실을 서서히 인정하게 되었다. 나를 사랑하는 이들이 진정으로 원했던 것은 눈치에 짓눌려 지내는 착한 아이가 아니라, 하고 싶은 일을 마음껏 하며 진심으로 웃는 나였던 것이다.

아직 완벽하다고 할 수는 없겠지만, 나는 늦게나마 내 행복과 타인의 기대 사이에서 균형을 잡아가고 있는 중이다. 내가 조금씩 치유되는 동안 메그 또한 우리의 공통적인 고질병을 극복했을까? 나는 그랬으리라는 꽤 강한 확신을 갖고 있다. 불만을 감추고 남의 눈치를 보는 데서만 자신의 가치를 찾기엔 그녀는 너무 사랑스러운 사람이니까. 무엇보다도, 메그의 괴로움을 빤히 지켜만 보기엔 그녀의 가족이 너무 따뜻한 사람들이니까.

교환 일기와 손글씨의 추억

"에헴." 알 없는 안경을 낀 메그가 다락방의 탁자를 탕탕 치며 헛기침을 하자 삐딱하게 앉아 있던 조가 자세를 고쳐 앉는다. 「피크위크 포트폴리오」가 발행되는 토요일 저녁에는 장난스러운 태도가 결코 허용되지 않는다. 엄숙한 분위기가 완전히 자리를 잡은 뒤에야 메그는 진지한 목소리로 첫 번째 기사를 읽기 시작했다.

찰스 디킨스를 좋아하던 네 자매는 그의 첫 소설인 『피크위크 페이퍼즈The Pickwick Papers』에서 영감을 받아 「피크위크 포트폴리오」라는 주간지를 만들고, 각자 기자 역할을 하며 매주 토요일에 가족 신문을 발행했다. 맏언니인 메그가 회장을 맡고 글쓰기를 좋아하는 조가 편집장을 맡은 이 신문에는 한 주 동안 가족에게 일어났던 사건뿐만 아니라 직접 지은 이야기와 시, 지역 소식, 익살맞은 광고를 포함하여 다양한 글이 실렸다. 일반적인 신문과 마찬가지로 제목과 기사 내용이 먼저 나오고 기자 이름은 맨 밑에 실리는 구성으로 되어 있지만, 사실 어떤 글이든 몇 줄만 읽으면 글쓴이를 한눈에 짐작할 수 있다.

피크위크 모임의 쉰두 번째 기념일을 축하한다며 화려한 미사여구와 딱딱 맞아떨어지는 운율로 무장된 시를 바친 사람은 보나마나 조일 테고, 귀족과 숙녀가 등장하는 로맨틱한 이야기를 써낸 사람은 메그가 분명하다. 호박에 달걀과 설탕, 향신료를 넣은 요리 레시피를 정성스레 제보할 사람은 집안일에 익숙한 베스밖에 없다. 그 와중에 열두 살 에이미의 조숙한 사과문은 너무나 그녀다워서 읽는 내내 웃음을 참을 수가 없다.

"마감을 지키지 못해 죄송합니다. 너무나 많은 학교 수업 때문에 머리가 돌아가지 않아서 그랬습니다. 부디 제 죄를 사해주십시오."

디킨스를 좋아하는 자매들도, 매주 모임을 가질 다락방도 없었지만, 내게도 「피크위크 포트폴리오」의 추억은 있다. 한창 몰려다니길 좋아하던 중학생 시절, 나와 단짝 친구들은 지금의 아름다운 우정을 기록으로 남겨야 한다며 열심히 교환 일기를 썼다. 매일 순서를 정해 손에서 손으로 넘어갔던 그 노트에는 서로의 생각과 일상을 시시콜콜 공유하는 여중생 특유의 동글납작한 글씨들이 빼곡히 채워졌다.

네 자매의 소소한 가족 신문과 마찬가지로, 우리 교환 일기에 실린 내용 가운데 크게 놀랍거나 새로운 소식은 거의 없었다. 그도 그럴 것이, 같은 동네에 살며 같은 학교 같은 반에 다니는 '베스트 프렌드'였던 우리에겐 애초에 서로 모르는 이야기가 없었기 때문이다. 우리가 나눈 글들은 대개 실없는 수다에 가까웠다. 주말에 다 함께 봤던 영화 얘기, 좋아하는 연예인 얘기, 세상 모든 학생들의 공통 관심사인 성적 얘기 등등. 별다른 글도 없이 색색의 펜과 귀여운 그림으로 꾸미는 데 몰두한 페이지도 여러 장이었고, 때로는 너무나 할 말이 없던 나머지 팝송 가사를 적어서 자기 차례를 겨우 넘긴 친구도 있었다(어딜 가나 에이미 같은 멤버가 꼭 한 명씩은 있는 모양이다). 그럼에도 불구하고, 그 빤한 내용을 한 권의 노트에 함께 기록한다는 것만으로도 우리는 서로를 더욱 깊이 이해하며 하나로 연결된다고 느꼈다.

같은 10대 소녀라고 해도, 필수 영단어를 외우며 근의 공식과 씨름하던 2000년대 '중딩'들과 직접 기른 호박으로 파이를 굽고 손수건에 이니셜을 수놓던 1860년대 '아씨'들의 생활은 고등어와 비둘기만큼이나 달랐을지 모른다. 하지만 소소한 일상을 꾹꾹 눌러쓴 손글씨로 공유하며 마음을 나눴다는 점에서, 우리가 썼던 교환 일기는 분명 '페이스북'이나 '인스타그램'보다 「피크위크 포트폴리오」에 가까웠다.

「피크위크 포트폴리오」는 언제까지 발행되었을까? 모두가 어른이 된 후에는 누가 보관하게 되었을까? 네 자매의 부모님? 회장인 메그? 편집장인 조?

1년 사이에 몇 권이나 쌓였던 우리 교환 일기의 행방을 전부 알진 못하지만, 적어도 한 권은 내가 보관하고 있다. 뻔하디 뻔했던, 굳이 글로 적지 않아도 당연히 안다고 생각했던 학창 시절 친구들의 일상은 이제 성인이 된 나의 보물 같은 추억이 되었다. 노래 가사로 겨우 때웠던 페이지조차 예외는 아니다. 가끔씩 교환 일기를 꺼내 한 장씩 넘겨볼 때마다, 나는 '웨스트라이프'의 〈마이 러브〉를 좋아했던 그 친구를 떠올린다.

THE PICKWICK PORTFOLIO

JO MARCH

March family "event"

Beth March

MEG MARCH

AMY MARCH

THE PICKWICK PORTFOLIO

피크위크 포트폴리오 | 18XX년 5월 20일

시 코너

기념일에 바치는 시

우리 다시 기쁜 자리를 찾아

배지를 달고 엄숙한 의식을 치르네.

오늘 밤 쉰두 번째 모임이 열린

피크위크 홀에서.

모두들 건강히 얼굴 비추고

이 작은 모임을 떠난 이 없네.

익숙한 얼굴들을 다시 마주하고

다정한 포옹을 주고받네.

언제나 한결같은 우리의 피크위크

존경을 담아 맞이하세.

코안경을 얹은 채 우리 손으로 만든

훌륭한 주간지를 낭독할 그를.

비록 감기를 앓더라도

그의 낭독은 우리의 기쁨이니

콜록대고 컥컥대는 목소리라도

전하는 말들은 지혜로 가득하네.

훤칠한 키를 뽐내는 스노드그라스Snodgrass

햇볕에 탄 쾌활한 얼굴에

코끼리마냥 점잖은 걸음으로

미소를 날리며 입장하네.

눈동자에 낭만의 불길을 품고
주어진 운명과 싸우는 그 모습
야망에 찬 저 눈썹을 보라
콧등의 저 잉크 자국은 또 어떠한가!

뒤이어 온화한 터브먼Tubman이 들어오네.
포동포동 사랑스런 장밋빛 얼굴로
재치 있는 농담에 까르르 웃다가
그만 의자에서 굴러 떨어지네.

우리의 점잖은 윙클Winkle도 납시었네.
잔머리 하나 없이 손질한 차림에선
교양의 화신다운 품격이 느껴지나
사실 그는 세수를 싫어한다네.

해는 지나가도 우린 다시 모이네.

농담과 웃음과 낭독을 벗 삼아

문학의 길을 걸으며

영광을 향해 함께 나아가네.

영원히 번성하라, 우리의 신문이여.

영원히 번창하라, 우리의 모임이여.

돌아올 해에도 축복이 가득하길

유익하고 즐거운 '피크위크 클럽'이여.

지은이: A. 스노드그라스

─『작은 아씨들』 중에서

2

이제 막
어른이 된
'나'라는 사람

조, 루이자, 나

맨 처음 『작은 아씨들』을 읽은 것은 초등학생 무렵이었다. 수채화풍 삽화가 아름다웠던 그 책은 사촌 언니에게 물려받은 어린이용 세계 문학 전집에 살포시 끼어 내게로 왔다. 어린 독자들의 눈높이에 맞추느라 줄거리의 상당 부분을 뎅겅 잘라낸 반쪽짜리 작품이었지만, 적어도 그 책은 내게 조세핀 마치라는 인생의 로망이자 롤 모델을 소개시켜줬다.

나는 그녀를 만나자마자 사랑에 빠졌다. 조세핀이라는 여성스러운 이름이 싫다며 조라는 중성적인 애칭을 사용하고, 휴일이면 볕이 잘 드는 다락방에서 책을 읽으며, 손에 잉크를 묻혀가며 글을 쓰는 그녀의 모습은 책벌레 꼬마 독자가 동경할 만한 모든 요소를 갖추고 있었다. 나는 동화 속 주인공에게 푹 빠진 아이들이 으레 그렇듯 그녀와 나를 동일시했다. 오로지 조가 되고 싶은 마음에 책상을 놔두고 굳이 햇빛이 비치는 거실 마룻바닥에 앉아 책을 읽었다. 사과는 통째로 와작와작 씹어 먹었고, 애완용 쥐를 사달라고 부모님을 조르기도 했다(애완용 쥐를 향한 내 열망은『소공녀』의 세라 크루와『해리 포터』의 론 위즐리를 만나면서 점점 더 강해졌지만, 안타깝게도 한 번도 길러보지는 못했다).

조의 삶에 대해 좀 더 많은 단서를 얻게 된 것은 대학생 때였다. 어린 시절 표지가 닳아서 너덜너덜해질 정도로 읽었던 그 동화책에 벽돌처럼 두툼한 원작이 있다는 사실을 알았을 때, 나는 저도 모르게 환호성을 질렀다. 인터넷 주문으로 하루 만에 받아본 소설『작은 아씨들』에는 그동안 알지 못했던 다양한 에피소드가 담겨 있었다. 나는 지금껏 상상에만 맡겨왔던 조의 새로운 이야기에 푹 빠져들었고, 그녀가 내 기대를 저버리지 않는 멋진 작가로 성장해 나가는 모습을 흐뭇한 시선으로 지켜보았다.

하지만 원작의 마지막 장을 덮었을 때, 나는 생각지도 못했던 또 한 명의 인물에게 완전히 마음을 뺏긴 상태였다. 조가 뉴욕이라는 낯선 도시에서 겪은 모험담도, 유명 작가들과 함께 문학 토론회에 참석하거나 신문에 첫 소설을 연재하게 된 장면도, 이 '뉴 페이스'의 등장만큼 큰 임팩트를 주진 못했다. 아니, 뉴 페이스라는 표현은 조금 부적절한가? 그녀는 내가 처음 읽었던 동화책 버전에도 당당히 이름을 올리고 있던 인물이니까.

그러나 약 800페이지짜리 원서에 딸린 30여 페이지 분량의 작품 해설을 읽기 전까지, 나는 그녀의 존재를 전혀 눈치채지 못했다. 『작은 아씨들』의 원작자이자, 시몬 드 보부아르부터 거트루드 스타인까지 한 시대를 풍미한 최고의 예술가들이 찬사를 보냈던 작가이자, 조 캐릭터의 실제 모델이기도 한 루이자 메이 올컷의 존재를.

동경을 넘어서 내 자아의 일부처럼 생각했던 캐릭터가 실존 인물을 바탕으로 만들어졌다니. 심지어 그 인물이 작품의 저자 본인이라니. 짧은 해설만으로 부족함을 느낀 나는 인터넷의 힘을 빌려 할 수 있는 한 최대로 그녀에 대해 조사했고, 소설 속 줄거리와 같으면서도 다른 그녀의 삶에 대해 꽤 많은 정보를 모았다.

나는 루이자가 실제로 네 자매 중 둘째였으며, 본인뿐 아니라 언니와 두 여동생을 각각 메그와 베스, 에이미의 모델로 삼았다는 사실을 알게 되었다. 여성이 자유롭게 교육을 받기 어려웠던 시대에 태어나 꿋꿋이 집필 활동을 했고(그녀는 여성의 경제적, 정신적 속박을 묘사했던 페미니즘 문학의 대표 주자 버지니아 울프보다도 약 50년이나 앞선 인물이다), 여러 가지 면에서 당시의 일반적인 여성들과 다른 인생을 살았지만 결국에는 평생 가부장적인 아버지의 영향에서 벗어나지 못했다는 안타까운 이야기도 알게 되었다.

루이자의 삶의 단편을 엿본 뒤, 나는 어째서 내가(그리고 현실과 다른 삶을 꿈꾸는 수많은 여성들이) 조에게 그토록 매료되었는지 약간은 알 것 같은 기분이 들었다. 조는 아마도 작가로서, 인간으로서 그녀의 현실과 이상이 동시에 반영된 인물이었을 것이다. 보석과 드레스를 거부하고 원고지와 잉크병을 택했다는 점은 실제 그녀와 같지만, 꿈을 향해 나아가면서 가족과 주변 사람들의 진심 어린 응원을 받는다는 점에서는 그녀의 이상이 투영된.

나는 그 후로도 『작은 아씨들』을 여러 번 읽었다. 조의 당찬 생각과 행동은 언제 봐도 나를 미소 짓게 하고, 어느새 그녀와 같은 길에 들어선 내게 커다란 영감을 준다. 하지만 루이자를 알게 된 순간부터, 이것은 둘이 아닌 셋이 걷는 길이 되었다.

writing

Josephine

Louisa

and

Me

핑크색 리본과 파란색 리본

메그는 로렌스 가문에서 가정교사로 일하던 브룩 씨와 3년의 연애 끝에 결혼식을 올린다. 가족들의 축복이 함께하는 행복한 신혼 생활을 누리던 중, 두 사람에게 꿈에 그리던 아이 소식이 찾아온다. 몇 달 후 태어난 아기는 천사 같은 남녀 이란성 쌍둥이다. 에이미는 사랑스런 조카들을 구분하기 위해 갓 태어난 아기들의 옷에 각각 파란색 리본과 핑크색 리본을 달아준다. 얼마 후 헐레벌떡 달려온 로리는 감격스런 마음으로 두 아이를 품에 안는다. 그는 아이들의 옷깃에 달린 두 가지 색의 리본을 바라보고, 기쁨이 넘치는 조의 얼굴을 바라본다. 그리고 묻는다.

"누가 사내아이고 누가 여자아이야?"

나는 로리가 던진 질문을 보고 두 눈을 의심했다. 아니, 아기들이 핑크색과 파란색 리본을 달고 있다잖아. 그걸 보고도 성별을 구분하지 못하다니, 혹시 로리 너 색맹이었니? 하지만 내 궁금증은 뒤이어 나온 조의 친절한 대답으로 즉시 해결됐다.

"에이미가 요즘 프랑스에서 유행하는 거라며 남자 아기에게는 푸른 리본을, 여자 아기에게는 핑크 리본을 매뒀어. 그걸로 구분하면 돼."

조의 설명이 해소해준 것은 로리의 질문을 보고 느낀 궁금증뿐만이 아니었다. 나는 그녀의 명쾌한 답변 덕분에 평생 마음속에 웅크리고 있었던 갑갑한 의문에 대한 해답을 얻었다. 어째서 핑크는 여성스러운 색일까?

내가 이런 의문을 품게 된 이유는 분명했다. 나는 핑크색을 좋아하지 않는 여자아이였던 것이다. 생강을 싫어하고(맛이 없으니까), 벌레를 싫어하고(징그러우니까), 공포 영화를 싫어했듯이(무서우니까), 나는 아주 어릴 때부터 핑크색이 특별히 나와 어울리지 않으며 별 매력도 없는 색이라고 생각했다.

하지만 사회에는 알게 모르게 핑크가 여성을 위한 색이라는 확고한 공식이 존재했다. 핑크색 옷을 입은 아기는 여자아이이고, 핑크색 물건은 여성용 소품이고, 핑크색을 좋아하는 남자들은 당연하다는 듯 '계집애 같다'는 놀림을 받아야 했다. 나는 부모님과 친척 어른들이 사주시는 핑크색 원피스가 싫었고, 하나의 빛깔에 불과한 그 색을 개인의 취향이 아니라 성별에 따라 선택해야 한다는 무언의 압박이 잘 이해되지 않았다. "핑크색은 왜 여성스러운 색이에요?"라고 물어도, 부모님이나 어른들에게선 "원래 그런 거야"라는 대답밖에 들을 수 없었다.

그러나 세련된 에이미와 순진한 로리와 똑똑한 조의 도움을 통해, 내 오랜 궁금증은 비로소 출구를 찾아냈다. 핑크가 여자아이를 위한 색이라는 공식은 '원래부터' 존재하던 것이 아니라, 1800년대 중후반 프랑스에서 출발해 미국을 거쳐 전 세계로 퍼져 나간 하나의 유행이었던 것이다.

나는 이 고마운 장면에서 일종의 카타르시스를 느꼈다. 그리고 책을 읽다가 감상이 넘쳐나는 순간 으레 그러하듯이 잠시 페이지를 덮고 눈을 감았다. 나는 방 한구석에 놓인 내 옷장을 떠올렸다. 애초에 쇼핑을 많이 하는 편이 아닌 데다 안 입는 옷은 금방금방 처분하는 성격이기 때문에, 굳이 그 앞까지 걸어가 문을 열어보지 않아도 옷걸이와 서랍에 켜켜이 정리된 셔츠며 바지들에 어떤 것들이 있는지 한번에 되짚을 수 있었다. 만약 조카의 탄생을 축하하던 소녀들이(새 생명의 탄생과 함께 엄마와 이모가 되었어도, 고작 스물 전후인 그녀들의 나이는 여전히 소녀에 가까웠다) 지금 이 자리에 함께했다면, 내 단출한 의상 목록을 어떻게 평가했을까?

땅에 질질 끌리는 스커트에 진절머리를 내던 조라면 분명 내 물 빠진 청바지와 시원한 반바지에 환호성을 올릴 것이다. 헐렁한 티셔츠도, 편안한 슬랙스도, 품이 넉넉한 코트도 그녀의 마음을 사로잡을 게 틀림없다. 내가 가진 소품에 숙녀의 상징인 레이스 장갑과 깃털 부채가 한 벌도 포함되어 있지 않다는 사실을 알면…… 오, 그녀는 정말로 부러워서 죽어버릴지도 모른다.

물론 털털한 조를 열광하게 만든 내 취향은 정확히 반대급부에서 우아한 메그를 진저리치게 만들 것이다. 그녀가 열광하는 실크 드레스나 보석 브로치, 금실이 수놓인 양산 같은 물건은 기본적으로 내 옷장에 입주한 적이 없다. 속옷 서랍에는 광택 나는 스타킹 대신 빳빳한 면양말이 가득하고, 선반에는 차양이 넓은 깃털 모자 대신 뭉툭한 야구 모자가 아무렇게나 굴러다닌다. 이 비상식적인 광경이 메그에게 충격을 가져다주리라는 것은 불을 보듯 빤한 일이다. 그럼에도 불구하고, 나는 그녀와 함께하는 옷장 구경이 꽤 즐거우리라는 것을 어렴풋이 느낄 수 있다. 좋은 우정을 경험해본 사람이라면, 취향이 다른 친구와 아웅다웅하는 순간이 공감으로 가득한 대화 못지않게 큰 재미와 기쁨을 가져다준다는 사실을 알 수밖에 없으니까.

고상하지 못한 내 옷가지들을 가리키며 잔소리를 퍼붓는 메그와 깔깔대며 언니를 놀리기 바쁜 조. 그 옆에서 일부러 찢어진 청바지나 민소매 티셔츠를 펄럭이며 장난을 치는 나. 내가 눈을 감고 떠올린 것은 바로 이런 장면이었다. 하지만 상상만 해도 웃음이 배어나오는 이 광경 어디에도 '색깔'에 대한 언급은 없었다. 색에 대한 취향을 바탕으로 누군가의 여성성(혹은 남성성)을 판단한다는 관념은, 그녀들의 상식에는 존재하지 않기 때문이다.

꿈은 동사일지도 몰라

"그러니까, 꿈은 동사일지도 몰라!" K가 선언했다. 우리는 순간 하던 대화를 멈추고 홀린 듯이 그녀의 말에 귀를 기울였다.

오랜만에 잡힌 친구들과의 모임 날이었다. 우리는 파스타 집에서 카페로 자리를 옮겨가며 몇 개월간 밀린 수다를 떨었다. 누가 특별히 정해준 것도 아닌데, 동갑내기 친구인 우리들의 고민과 관심사는 언제나 비슷했다. 5년쯤 전에는 취직보다 중요한 화두가 없었고, 2년쯤 전에는 승진 걱정에 다 같이 한숨을 내쉬었다. 그리고 함께 30대의 문턱을 넘은 지금, 이번 모임에서 우리가 열을 올린 주제는 바로 '꿈'이었다.

우리는 미묘한 기로에 서 있었다. 20대를 지나 30대에 접어든 우리는 어쩌면 지금이 꿈에 도전할 수 있는 마지막 기회일지도 모른다는 생각을 하고 있었다. 지루하고 고되긴 하지만 안정적인 수입이 보장되는 회사에 미래를 걸 것인가? 다소 불안하더라도 더 늦기 전에 꿈을 향한 도전에 뛰어들 것인가?

실제로 우리의 길은 이미 조금씩 갈라지고 있었다. 나는 이미 회사를 나와 프리랜서 생활을 시작했고, K는 대학원 진학을 앞둔 상태였으며, D와 M은 아직 직장 생활을 계속하고 있었다. 하지만 서로 다른 선택 앞에서 우리는 하나같이 두려운 마음을 품고 있었다. 자신의 결정이 틀렸을까 봐, 지금 이 결심이 후회로 이어질까 봐. D는 우물쭈물하다가 꿈을 영영 놓칠까 봐 전전긍긍했고, 나는 나대로 헛된 꿈을 좇다가 제 앞가림도 못하는 사람이 될까 봐 겁을 잔뜩 집어먹고 있었다.

K가 이 얘기를 꺼낸 것은 바로 그때였다. "어쩌면 우리가 꿈을 너무 명사적으로만 생각하는 게 아닐까?" 꿈이 명사라니, 누가 영문과 출신 아니랄까 봐 갑자기 웬 품사 얘기? 그녀는 어리둥절한 표정의 친구들을 보며 말을 이었다.

"아니, 내 말은, 어쩌면 꿈은 동사일지도 모른다구. 꼭 명사로 된 직업이나 직함을 가져야만 꿈을 이루는 걸까? 메리

너만 해도 작가가 되고 싶다지만, 사실은 작가라는 직함보다는 글을 쓰면서 산다는 게 더 중요한 거잖아. 글을 쓰다가 밥벌이가 안 되면 중간중간 다른 일을 할 수도 있고. 하지만 그게 꼭 실패를 뜻하는 건 아니라고 생각해. D도 당장 직장을 그만둘 준비가 안 되어 있다면, 일단 회사에서 번 돈으로 좋아하는 옷을 사면서 패션에 대한 열정을 충족시킬 수 있지 않을까?"

우리는 저도 모르게 입을 헤벌리고 고개를 끄덕였다. 듣고 보니 그랬다. 우리는 대체 언제부터 꿈을 특정한 명사와 연결시켜 생각하는 습관을 지니게 된 것일까.

꿈을 직업과 동일시하는 요즘의 관점에서 보면, 『작은 아씨들』의 사랑스러운 주인공들은 순식간에 그 빛나는 개성을 잃어버린다. 작가가 된 조는 그렇다 쳐도, 에이미는 화가라는 꿈을 끝내 이루지 못한 실패자이며 메그와 베스는 어릴 때부터 변변한 꿈조차 없이 부모님의 뜻대로만 살았던 소극적이고 수동적인 여성이 된다.

하지만 우리는 그녀들의 삶이 처음부터 끝까지 꿈으로 가득했다는 사실을 알고 있다. 메그는 어릴 때부터 염원하던 현명한 숙녀가 되어 화목하고 사랑이 넘치는 가정을 꾸린다. 비록 화가라는 직업을 얻진 못했지만, 에이미는 로렌스 가문의 안주인으로서 유럽과 미국을 오가며 세련된 취향과 예술적 감각을 유감없이 발휘한다. 베스는 가족들에게 기쁨을 주고 싶다는 꿈을 평생 단 하루도 빼놓지 않고 이뤘다.

개성 빼면 시체인 메그와 에이미의 삶을 '주부'라는 명사적 정의 아래 하나로 뭉뚱그리는 것은 누가 봐도 큰 실례다. 가족과 이웃과 음악에 둘러싸여 행복한 삶을 살다 간 베스를 단순히 '환자'라는 틀 안에 가둘 수는 없다. '청년 백수'는 더더욱 말도 안 된다.

K의 말이 옳았다. 우리의 꿈은 명함에 찍힌 직업의 이름이 아니라, 삶 속에 녹아 있는 매일의 일상과 그 일상이 가져다주는 기쁨이었던 것이다.

대화에 열을 올리느라 식어버린 커피를 마시면서, 우리는 저마다의 꿈을 동사형으로 바꿔서 다시 한 번 말해보기로 했다. 내 꿈은 평생 책을 읽고 글을 쓰며 사는 것이었다. D는 패션과 예술을 추구하는 삶을 원했고, M은 가능한 한 많은 나라를 여행하며 새로운 문화를 체험하길 꿈꿨다. K는 세상에 선한 영향력을 끼치는 사람이 되고 싶다고 했다.

"그 소녀들은 좋은 사람이 되기 위해 온갖 훌륭한 계획을 세웠단다. 하지만 그 계획을 잘 지키기는커녕 언제나 '이것만 갖고 있다면', '저것만 할 수 있다면' 하고 불평하기 바빴지. 이미 얼마나 많은 것을 갖고 있는지, 얼마나 많은 일을 할 수 있는지 까맣게 잊어버린 채 말이야."

– 『작은 아씨들』 중에서

"These girls were anxious to be good and made many excellent resolutions, but they did not keep them very well, and were constantly saying, 'If only we had this,' or 'If we could only do that,' quite forgetting how much they already had, and how many things they actually could do."

어쩌면 인형 놀이

회사원 시절, 나는 명품 브랜드 가방을 세 개 갖고 있었다. 하나는 A4용지보다 조금 큰 사이즈의 '숄더백'이었고, 하나는 간단한 소지품과 작은 책 한 권이 쏙 들어가는 가죽 소재의 '토트백'이었고, 나머지 하나는 반짝이는 에나멜 소재의 앙증맞은 '클러치백'이었다.

각 가방의 용도는 분명했다. 나는 각종 서류를 들고 다녀야 하는 출퇴근길에 큼직한 숄더백을 멨고, 친구들과의 주말 모임에는 캐주얼한 토트백을 들고 나갔으며, 결혼식처럼 간만에 옷차림에 힘을 줘야 하는 날이면 맵시 있는 클러치백을 집어 들었다.

생전 고가 브랜드에 관심도 없던 내가 이렇게 비싼 백을 세 개씩이나 사 모은 데는 우연하다면 우연한 계기가 있었다. 직장생활을 시작한 지 1, 2년쯤 되었을 때, 어느 세련된 회사 선배에게서 이런 얘기를 들었던 것이다. "메리 씨는 저축 많이 했겠다. 가방 같은 데 돈도 안 쓰잖아?"

내 캔버스 가방을 빤히 바라보는 그녀의 눈빛과 말투에서는 왠지 칭찬과는 거리가 먼 기색이 느껴졌다. 나는 어쩐지 "저는 가방에 별로 관심이 없어서요"라고 당당히 대답하지 못한 채 달아오른 얼굴로 우물쭈물 얼버무리다가 도망치듯 그 자리를 뜨고 말았다.

그날 이후, 나는 저도 모르게 지하철이나 회사에서 마주치는 사람들의 가방을 힐끔거리기 시작했다. 얼핏 봐도 비싸 보이는 브랜드 숄더백을 보면 왠지 나 자신이 초라해지는 기분이 들어 어깨가 움츠러들었다. 지금 와서 돌이켜보면 오지랖 넓은 그 선배가 예외적인 경우였고, 실제로 내 가방 따위에 신경 쓰는 사람은 거의 없었겠다 싶지만, 한번 피어난 열등감은 스스로 제어할 수 없을 만큼 불어나 그렇잖아도 회사 생활에 치여 빈약해진 내 자존감을 야금야금 좀먹었다.

나는 고민 끝에 여행 가려고 모아뒀던 돈을 털어 명품 브랜드의 숄더백을 샀다. 하지만 무리해서 구입한 새 가방은 떨어진 자존감을 올려주기는커녕 시간이 갈수록 전에 없던

스트레스를 불러왔다. 옷장에 비싼 가방 하나를 들이고 나니 지금껏 멀쩡히 메고 다녔던 다른 가방들이 새삼 더 볼품없게 느껴졌던 것이다. 나는 여러 가지 상황과 옷차림에 어울리는 가방을 계속 장만해야 한다는 압박에 사로잡혔다. 출퇴근 가방에서 시작된 고민은 스케일을 점점 키워갔고, 결국 5년 차로 회사를 그만둘 때쯤 내 옷장에는 정장용, 캐주얼용, 행사용(?)이라는 세 가지 용도에 맞는 세 개의 명품 백이 떡하니 자리 잡고 있었다.

애니 모팻의 험담을 들은 메그도 이런 심정이었을까? 그녀는 들뜬 마음으로 참석한 파티에서 우연히 자신의 옷차림을 비웃는 애니와 그 어머니의 대화를 엿듣는다.

"그 애가 가져온 옷이라곤 저 촌스러운 드레스가 다잖니? 오늘 밤에라도 찢어버릴지 모를 일이지."

심지어 두 사람은 가난한 메그네 집안이 부유한 로렌스 가문을 잡으려고 혈안이 되어 있다는 억측까지 내놓는다.

메그는 비참한 기분으로 침실에 든다. 아까 들은 말을 되뇌고 또 되뇌느라 머리가 지끈거리고, 빨개진 볼은 눈물로 축축해졌다. 다음 날 부유한 친구 벨과 샐리가 자신들의 드레스로 그녀를 꾸며주고 싶다고 제안했을 때, 메그는 그게 철없는 부잣집 아가씨들의 인형 놀이인 줄 뻔히 알면서도 그들의 말에 순순히 응한다. 그렇게 해서라도 멋진 옷을 걸쳐서 어제 겪은 수모를 떨쳐내고 싶었던 것이다.

하지만 부끄러울 만큼 목선이 깊게 파인 드레스에 팔찌, 목걸이, 귀걸이, 브로치를 주렁주렁 매단 채 사람들 앞에 나선 그녀는 자신의 선택이 매우 어리석었다는 사실을 깨닫는다. 이것은 진정한 자신의 모습이 아니었다. 남들의 의견에 휘둘려 진심으로 원하지도 않는 옷을 입은 그녀는 파티의 동등한 참석자가 아니라 화려한 인형이자 사람들의 눈요기에 불과했다. '집에서 가져온 낡은 옷을 당당히 입었더라면 더 좋았을걸……' 그녀는 뒤늦게 후회한다.

메그와 같은 깨달음의 계기는 없었지만, 나는 퇴사를 기점으로 옷장 속의 명품 백에 점점 관심을 잃어갔다. 출근을 하지 않는다 뿐이지 여전히 지하철을 타고, 친구들을 만나고, 결혼식에 다녔지만, 비싼 가방을 들어야 한다는 강박관념은 더 이상 생기지 않았다.

나는 그 이유를 분명히 알고 있다. 지금의 내 삶에는 가방 대신 자신을 채워줄, 진짜 내가 원했던 무언가가 존재하기 때문이다. 그 세 개의 예쁜 가방은 분명 패션에 관심이 많은 누군가에게 기쁨과 행복을 주는 물건일 테지만, 적어도 내게는 아니었다. 나는 생활비에도 보태고 더 이상 회사로 들어가지 않겠다는 의지도 다질 겸 출퇴근용 숄더백을 중고 명품 가게에 가져다 팔았다. 반짝반짝한 클러치백은 취업 선물 겸 동생에게 물려줬다. 중간 크기의 토트백은 '혹시 쓸 일이 있을지도 몰라서' 옷장 속에 그대로 남겨두었다.

나는 더 이상 내 가방을 향한 타인의 시선을 의식하지 않는다. 가끔씩 기품 있는 여성의 손에 들린 고급스런 가방을 볼 때면 초조함 대신 순수한 감탄이 솟아난다. 〈로마의 휴일〉의 우아한 왕녀 오드리 헵번은 영원히 변하지 않을 동경의 대상이지만, 즐거운 마음으로 영화를 감상한 뒤 내가 들고 외출하는 가방은 겉면에 심플한 책 무늬가 그려진 천 소재의 에코백이다. 가볍고 튼튼한 데다 노트북과 수첩과 필통이 넉넉히 들어가는 이 가방은 요즘 내 교복인 물 빠진 청바지와 흰색 스니커즈에 찰떡같이 어울린다.

마치 부인과 마치 여사

사람은 언제 어른이 될까?

10대 때는 스무 살이면 어른이 되는 줄 알았다. 20대 때는 서른이면 어른이 되는 줄 알았다. 여전히 철이 없는 채로 서른 살 생일을 맞이한 순간, 나는 비로소 깨달았다. 서른 살이 아니라 마흔 살, 쉰 살이 되어도 나이만 먹는다고 어른이되지는 않는다는 걸.

딱히 서둘러 어른이 되길 바란 것은 아니었다. 솔직히 '어른'이라는 단어가 풍기는 책임의 무게를 떠올리면 도망치고픈 마음마저 들었다. 그러나 내면은 성숙하지 못한 채 외면만 늘어가는 것은 더더욱 두려웠다. 언제까지나 어리고 젊은 채로 살 수 있다면 바랄 나위가 없겠지만(그놈의 줄기세포 연구는 언제 완성되는 것인가), 어차피 나이 들 수밖에 없다면 어른다운 어른이 되고 싶었다. 마치 여사 같은 어른이 아니라, 마치 부인 같은 어른이.

마치 여사는 네 자매의 숙모할머니로, 네 자매의 어머니인 마치 부인보다 나이도, 재산도 두 배쯤 많다. 널찍한 응접실과 고급스런 가구가 딸린 저택에서 살고, 하녀와 마부, 요리사를 부리며, 아직 비행기도 발명되지 않은 시절에 유럽으로 해외여행을 다닌다. 하지만 긴 인생 경험과 풍요로운 환경이 무색하게도, 그녀의 시야는 언제나 좁디좁은 자신만의 틀에 갇혀 있다.

그녀 자신은 스스로를 집안의 큰 어른이자 현명한 조언자라고 생각할지 모른다. 그러나 실제 그녀의 모습은 매사에 불평과 막말을 쏟아내는 '꼰대'에 가깝다. "가난한 집 큰딸은 부잣집에 시집가는 것이 의무"라며 메그와 브룩의 만남을 대놓고 반대한 사건부터 몇 년 동안 실컷 부려먹은 조를 버리고 고분고분한 에이미를 유럽행 동반자로 선택한 사건까지. 그녀가 나이와 재산을 무기로 집안사람들에게 부리는 횡포를 보고 있자면 저도 모르게 눈살이 찌푸려진다. 전쟁에서 중상을 입고 사경을 헤매는 마치 씨에게 "끈기가 없으니 얼마 버티지 못할 것"이라며 독설을 퍼부었을 때는, 정말이지

나라도 나서서 한소리 해주고 싶었다.

그녀가 입을 열면 반드시 속상하거나, 서운하거나, 화가 나는 사람이 한 명 이상 나온다. 그녀에게 대놓고 맞서는 사람은 아무도 없지만 그녀를 진심으로 좋아하는 사람 또한 없다. 아무리 나이가 많다 해도, 나는 마치 여사에게서 진정한 어른의 모습을 느낄 수 없다.

그런 그녀를 보며 불편해진 마음을 정화시켜주는 것은 아이러니하게도 그녀와 같은 성으로 불리는 또 한 명의 여인, 마치 부인이다. 사실 성과 성별을 제외하면 두 사람 사이에는 공통점이 거의 없다시피 하다. 아랫사람에게 권위를 휘둘러야 직성이 풀리는 마치 여사와 달리, 마치 부인은 늘 상대방과 눈높이를 맞춘다. 그녀와 딸들이 나누는 대화에서는 중년 부인과 10대 소녀 사이의 격차를 거의 느낄 수 없다. 아직 사랑을 잘 모르는 순수한 첫째 딸의 연애 상담에도, 다혈질 성격을 가누지 못해 늘 후회하는 둘째 딸의 인생 상담에도, 그녀는 늘 친구처럼 진심 어린 조언을 건넨다.

"엄마 얘기를 들어보고, 맞다고 생각하면 따라주렴."

이런 다정한 말과 함께. 신기하게도, 이렇게 자신을 낮추고 스스로의 부족함을 인정하는 그녀의 겸손한 태도에서는 숨길 수 없는 어른다움이 묻어난다.

내게 엄마가 되는 날이 올지는 잘 모르겠다. 심지어 네 아이의 엄마가 되는 일은 절대 없을 것이다. 하지만 지구가 자전하는 한 나는 계속 나이를 먹어갈 테고, 언젠가는 피할 수 없이 누군가에게 어른이라 불리는 사람이 될 것이다. 그때의 나와 함께해줄 이들에게, 나는 마치 여사 같은 독설이 아니라 마치 부인 같은 따스함을 전하고 싶다.

이것이 바로 어른이 될 언젠가를 바라보는 나의 두 번째 소원이다. 첫 번째 소원은 물론 줄기세포 연구의 성공이고.

다시 만난 산타클로스

중고등학생 시절부터 지금까지, 친한 친구들과 대화를 나누다 보면 가끔씩 이 주제가 화두에 오른다. "넌 몇 살까지 산타를 믿었어?" 이 질문에는 단순히 코카콜라가 만들어낸 상업적 이미지인 '빨간 옷을 입은 뚱뚱한 할아버지'를 언제까지 추종했냐는 의미를 넘어서, 순진하다는 말이 칭찬보다는 조롱으로 받아들여지는 냉정한 어른의 세계에 내던져지기 전 얼마나 오랜 기간 동심을 지니고 있었느냐는 의미가 담겨 있다.

　내 그다지 넓지 않은 인맥 안에서 통계를 내보면, 사람들은 대부분 초등학교 입학 전후로 그 서글픈 진실을 깨닫게 되는 것 같다. 어떤 이는 아이가 잠든 줄 알고 살금살금 들어와 머리맡에 선물을 놓고 가는 엄마의 뒷모습을 목격해버렸고, 어떤 이는 아직도 그런 것을 믿느냐는 조숙한 친구들의 놀림에 미처 준비할 겨를도 없이 한 뼘 성숙해버렸다. 그 시기와 맞물려, 밝고 명랑하게 지내는 것만으로도 선물을 받을 자격이 생겼던 꿈같은 어린 시절은 끝나고, 권리보다는 의무가 많은 따분한 어른의 길이 조금씩 펼쳐지기 시작한다.

그런 마당에 초등학교 고학년이 되도록 산타를 믿었다는 내 대답은 당연히 모두를 놀라게 한다. "부모님 말씀 잘 듣고 공부 열심히 하렴"이라는 메시지가 적힌 산타할아버지의 편지가 빼도 박도 못할 아빠 글씨라는 사실을 깨닫기 전까지, 나는 믿음을 시험하는 몇 차례의 위기(?)를 무사히 넘기고 1년에 한 번씩 착한 어린이들에게 선물을 나눠주러 다닌다는 마법의 존재에 대한 로망을 그 어떤 친구들보다도 오래 간직했다.

이쯤 되면 순수함을 넘어서 약간 모자란 아이였던 것 같지만, 산타에 대한 내 특이한 에피소드는 여기서 끝나지 않는다. 내가 남들보다 한참 늦게 현실에 눈을 뜬 다음에도 우리 집에는 산타의 방문이 멈추지 않았던 것이다. 구체적으로 말하자면, 나는 열아홉 살까지 크리스마스 아침마다 머리맡에 놓인 선물과 편지를 발견했다. 시간이 갈수록 포장이 부실해지고 내용물에 대한 고민의 흔적이 많이 줄어들긴 했지만(부모님이 회사 일로 정신없이 바쁘셨던 어느 해에는 흰 봉투에 담긴 5,000원짜리 한 장이 놓여 있었다), 어쨌든 장난기 가득한 엄마와 아빠 덕분에 우리 집에는 딸들이 다 자란 다음에도 매년 산타클로스가 찾아왔다.

아르바이트를 하느라 서울 한구석의 휑한 자취방에서 혼자 맞이하게 된 스무 살의 크리스마스 아침, 내가 저도 모르게 베개 밑을 확인한 것은 아마도 그 때문이었을 것이다. 아무리 보는 사람이 없다 해도 산타가 다녀가지 않았다고 징징댈 나이는 아니었지만, 성탄절 날 눈을 뜨면 가장 먼저 손을 뻗어 머리 위를 더듬었던 나만의 의식이 이제 완전히 끝나버렸다는 안타까운 깨달음은 꾹꾹 눌러왔던 1년 치 향수병과 맞물려 눈물로 터져 나왔다. 아무것도 모르고 지방에서 상경한 내게 서울은 너무 삭막하고, 복잡하고, 외로운 도시였다.

산타가 찾아온 것은 바로 그 순간이었다. 침대 위에서 쭈그린 채 훌쩍이던 나는 문득 위잉 하는 익숙한 기계음에 정신을 차렸다. 소리의 정체는 머리맡에 놓인 휴대폰 진동음이었다. 휴대폰 화면에는 고향집 전화번호가 찍혀 있었다. 나는 "분명히 늦잠 잘 것 같아서 일부러 늦게 걸었다"는 수화기

너머 산타클로스의 밝은 목소리에서 그 무엇에도 비할 수 없는 위안을 느꼈다. 중간중간 코를 풀어가며 한참에 걸쳐 팍팍한 서울살이의 고충을 토로하는 사이, 견딜 수 없을 것 같았던 격렬한 외로움은 꽤 사그라져 있었다.

첫해에 걸렸던 격렬한 향수병이 무색하게도, 나는 영원히 정을 붙일 수 없으리라 생각했던 서울에서의 삶에 차츰 적응했다. 가족들과 떨어져서 보내는 성탄절에도 점점 익숙해졌다.

그 뒤로 10년 넘는 세월이 흐르는 동안 내 마음속 크리스마스의 의미는 여러 차례 변화를 맞았다. 팔팔하던 대학생 시절에는 파티를 해야 한다며 몇 주 전부터 떠들썩하게 계획을 세웠고, 늘 피로에 절어 있던 직장인 시절에는 이 귀중한 빨간 날이 주말과 겹치지 않길 간절히 바랐으며, 프리랜서인 지금은 연말마다 으레 찾아오는 성수기 마감에 맞추느라 정신없이 일을 하며 보낸다.

그 세월 속에서 변하지 않은 것이 딱 하나 있다면, 그것은 내가 여전히 산타의 존재를 믿는다는 사실이다. 주소지는 북극이 아니라 대한민국의 한 지방 도시이지만, 빨간 옷을 입은 할아버지 대신 실내복을 입은 중년 부부의 모습을 하고 있지만, 산타는 여전히 크리스마스 아침마다 순록이 끄는 썰매 대신 휴대폰 전파를 타고 마음을 전하러 온다.

모습과 의미가 조금씩 다를 뿐, 산타클로스는 분명히 있다. 서로 의지하고 다독이며 힘든 한 해를 잘 이겨낸 네 자매 앞에, 그는 근엄하면서도 다정한 노신사 로렌스 씨의 모습을 하고 나타났다. 주름 장식이 아름다운 실크 드레스와 내내 바랐지만 살 엄두를 내지 못했던 소설책은 가족을 위해 꽃다운 소녀 시절을 일터에서 보내야 하는 메그와 조에게 잃어버릴 뻔했던 동심을 찾아주었다.

전쟁터에서 부상을 입으며 가족을 안타까움에 빠뜨렸던 아버지의 무사 귀환 소식은 그 자체로 무엇과도 비교할 수 없는 크리스마스 선물이었다. 그런 의미에서,

"마치 가족에게 또 다른 선물이 왔습니다!"

이런 경쾌한 외침과 함께 응접실 문을 열어젖힌 로리와 마치 씨를 부축해 들어온 브룩은 그 자체로 완벽한 한 쌍의 산타클로스 콤비였다.

때로는 네 자매가 다른 이의 산타가 되어주기도 했다. 여섯 명에서 얄팍한 이불 하나를 두른 채 추위와 굶주림에 지쳐가고 있던 이웃집 아이들은 메밀빵과 오트밀을 들고 나타

난 네 소녀를 보고 하느님이 천사를 보내주셨다며 울먹였다. 아기 새에게 먹이를 주듯 다정하게 나눠준 그 음식들은 사실 네 자매의 아침 식사였지만, 아이들 못지않게 주린 배를 움켜쥐고서도 허기진 내색 한번 하지 않았다.

브룩은 자신의 진심을 믿어준 메그에게서, 로리는 외로운 자신을 발견해준 조에게서, 마치 숙모할머니는 상냥한 미소로 고즈넉한 집을 밝혀준 에이미에게서, 프랭크는 자신의 불편한 다리를 배려해주는 베스에게서 산타의 모습을 발견했을 것이다. 삶에 지친 우리에게 살며시 다가와 눈물을 뚝 그쳐주는 존재가 바로 산타라면, 나는 지금도 산타클로스의 존재를 믿는다.

Hey,
Santa

삶에도 가격이 있을까

"부자 되세요!"라는 인사를 들을 때마다, 나는 묘하게 불편한 느낌을 받는다. 약 20년 전에 방영된 한 카드회사 광고가 이 문장을 국민적인 유행어로 등극시킨 후, '부자'라는 단어는 '건강'이나 '행복'과 마찬가지로 일상생활에서 흔히 들을 수 있는 인사말이 되었다. 하지만 나는 물질적인 부가 건강 혹은 행복과 같은 급이라는 생각에 동의하기가 어렵다. 몸과 마음의 고통 없이 하루를 편안하게 누릴 수 있는 축복이나 평화롭고 의미 있는 일상에서 찾아오는 잔잔한 기쁨을 고급 아파트나 외제차, 모피 코트와 같은 선상에서 비교한다는 것이 너무나 어색하게 느껴지기 때문이다.

부를 추구하는 태도 자체를 비판하고 싶은 마음은 절대

없다. 나도 누가 외제차를 선물해준다면 넙죽 절이라도 올리고 감사한 마음으로 타고 다닐 거니까(슬프게도 그런 일은 없겠지만). 하지만 건강과 행복이 인생에서 추구해야 할 절대적인 가치라면, 부는 누군가에겐 필요하고, 누군가에겐 필요하지 않은 선택적인 가치이다. 그런 면에서 부를 인생의 목표로 삼지도 않은 사람에게 "부자 되세요!"라고 말하는 것은 음악에 관심도 없는 이에게 "피아니스트 되세요!"라고 하는 것만큼이나 뜬금없고 무신경한 간섭으로 느껴진다.

그런데, 밖에서 지인들과 이런 얘기를 나누다 보면 가끔씩 이런 반응이 돌아온다. "야, 돈이 얼마나 중요한데. 네가 가난이 얼마나 무서운지 몰라서 그래."

나는 돈이 얼마나 중요한지도, 가난이 얼마나 무서운지도 알고 있다. 도스토예프스키의 소설에 나오는 수준의 절대 빈곤을 경험해봤다고까지 말할 수는 없겠지만, 지금 이 순간에도 월세를 벌어야 한다는 압박 속에서 하루살이 프리랜서 생활을 하고 있으며, 치과 견적서에 찍힌 금액을 보고 손이 덜덜 떨려서 한 달째 충치 치료를 미루고 있는 상황이니까.

건강과 행복에는 분명히 돈이 필요하다. 그것도 적지 않은 돈이. 부자 동네에 우뚝 선 고급 빌라나 역세권의 브랜드 아파트까지는 아니더라도 내 몸 뉠 집 한 칸은 마련해야 하고, 자가용까지는 못 몰아도 버스비, 전철비 댈 돈은 있어야 한다. 미용 시술은 포기하더라도 아플 때 치료받을 병원비가 없으면 곤란하고, 매일 먹을 음식과 입을 옷도 따져보면 일일이 돈 문제로 귀결된다.

메그와 조가 고달픔을 꾹 참고 매일 아침 일터로 나가는 것도 이런 이유 때문이다. 아버지의 사업이 실패한 직후, 첫째 딸과 둘째 딸은 일을 해서 생활비를 보태겠다며 기꺼이 양팔을 걷어붙이고 나섰다. 메그는 마을 부잣집 킹 씨네 집에 가정교사로 취직하고, 조는 까다로운 마치 숙모할머니 댁에서 수발을 들며 급료를 받는다.

두 사람이 벌어온 돈은 가족의 생계에 직접적인 영향을 미친다. 매일 아침 식탁에 올라오는 빵과 커피, 에이미가 학교에 들고 갈 공책과 연필, 베스가 성홍열에 걸렸을 때 필요했던 약값과 치료비는 모두 언니들의 노동의 대가로 나온 것이다. 빈말로라도 여유롭거나 풍족하다고 할 수는 없지만, 메그와 조의 헌신 덕분에 마치 가족은 아늑한 난롯불이 있고 폭신한 양탄자가 깔린 집에서 건강하고 행복한 일상을 누릴 수 있었다.

지금껏 유복하게만 자랐던, 아직 스물도 채 되지 않은 소녀들에게 갑작스레 시작된 사회생활은 고난의 연속이었을 것이다. 심지어 그렇게 일해서 번 돈도 그녀들의 이상을 충족시키기엔 턱없이 모자랐다. 메그는 낡은 드레스 차림으로 친구들을 만나야 하는 현실이 서글펐고, 조는 소설책 살 돈이 없어서 마치 할머니나 로렌스 씨네 서재에서 신세를 져야 했다. 하지만 이따금씩 돈 때문에 한숨을 쉬면서도, 그녀들은 결코 물질적인 부를 인생의 최우선 순위에 두지 않았다.

사실 그녀들에게는 최소 한 번씩 부자가 될 기회가 있었다. 메그는 친척의 중매로 부잣집에 시집을 갈 수 있었고, 조는 신문에 시험 삼아 연재한 통속소설이 히트를 치면서 잠시나마 적잖은 돈을 만졌다. 그러나 그녀들이 고민 끝에 선택한 인생의 목표는 부유한 삶이 아니었다. 재산이 아니라 사랑으로 가득한 가정을 꿈꾸던 메그는 가난하지만 다정하고 성실한 브룩 씨의 아내가 되었다. 자극적인 통속소설이 세상에 좋지 못한 영향을 미친다는 사실을 깨달은 조는 연재 예정이었던 「쥐라산맥의 악령Demon of the Jura」을 벽난로에 넣어 태워버린 뒤 스스로 진정한 가치를 느낄 수 있는 따뜻한 가족 이야기를 쓰기 시작한다.

두 사람은 평생 소박한 삶을 살았다. 마치 숙모할머니와 샐리, 모펫, 그레이스를 포함하여 재산이 넘쳐나는 부자 캐릭터들이 작품 곳곳에서 눈에 띄지만, 내가 닮고 싶은 것은 여전히 건강하고 행복하며 소박한 메그와 조의 삶이다. 물론 나는 이러한 일상을 유지하는 데는 적지 않은 돈이 필요하다는 사실을 알고 있으며, 따라서 앞으로도 열심히 일을 하며 지낼 것이다.

하지만, 그런 의미에서라도, 내가 누군가를 만났을 때 듣고 싶은 인사는 "부자 되세요!"보다 "건강하고 행복하시길 바라요" 쪽에 가깝다.

"난 마치 숙모할머니가 부자래도 별로 부럽지 않아. 부유한 사람들도 가난한 사람만큼 많은 걱정을 짊어지고 사는 것 같거든."

— 『작은 아씨들』 중에서

"I don't envy her much, in spite of her money, for after all rich people have about as many worries as poor ones, I think."

나만이 아는 소녀

네 자매 중에서 자신과 가장 닮은 인물을 한 사람 꼽으라면, 나는 망설임 없이 조를 선택할 것이다. 지인들에게 나와 비슷한 인물을 꼽아달라고 해도 거의 100퍼센트 같은 대답이 나오리라 확신한다. 살면서 어느 시기에 만났던 친구들과 얘기를 나눠도, 나는 언제나 '책 읽기를 좋아하는 선머슴 여자아이'라는 공통된 이미지를 갖고 있었다. 낯가림이 줄어들고, 음식 취향이 바뀌고, 세상을 보는 관점이 달라지고…… 살면서 많은 것들이 변했지만, 그럼에도 내 인생을 관통하는 성향과 가치관은 여전히 네 자매 중에서 조와 가장 닮았다.

그렇다고 해서 내가 조라는 소녀와 똑같은 성격을 지니고 있는 것은 아니다. 메그나 베스, 에이미와 공통점이 없는 것은 더더욱 아니다. 예전에 한창 유행했던 '혈액형별 성격 분류'를 믿지 않았던 건, 달랑 한 가지 유형으로 뭉뚱그리기엔 인간의 성격이 너무 다채롭다고 생각했기 때문이다. 나는 O형처럼 활발했지만 A형처럼 소심한 면도 있었고, 가끔은 B형처럼 정열적인 동시에 AB형처럼 예민하기도 했다.

작은 아씨들을 바라보는 내 시선도 이와 크게 다르지 않다. 완전하다고 해도 좋을 만큼 서로 다른 성향을 지닌 네 자매지만, 나는 그들 각각에게서 많게든 적게든 나 자신의 모습을 발견하곤 한다. 기본적으로는 조처럼 털털하고 무던한 나지만, 때로는 메그처럼 착한 아이 콤플렉스에 휘둘리기도 하고, 에이미처럼 매사에 플랜 B를 세워둬야 직성이 풀리기도 한다. 베스처럼 혼자 있는 시간을 좋아하고 요리와 바느질에서 평온을 찾는 면도 있다. 그중에서도 마지막 모습은 나와 꽤 가까운 지인들조차 상상하기 어려운 반전일 것이다. 하지만 내 안에 가만히 웅크리고 있다가 혼자 있을 때 살짝 문을 열고 나오는 베스의 모습은, 나를 구성하는 다양한 파편 중에서도 스스로 가장 아끼는 조각이다.

베스는 연약하고 조용하며 겁이 많은 소녀로 대부분의 시간을 자기만의 원 안에서 보낸다. 아담한 집과 가족, 이웃집에 사는 로렌스 할아버지로 구성된 그 작은 원은 이음새 하나 없이 매끄럽게 연결되어 있어서 다른 사람이 끼어들 여지가 거의 없다. 누군가에겐 지루하고 단조로워 보일지도 모르는 삶이지만, 베스를 아는 이들은 누구나 그녀가 이 평온한 일상에 진심으로 만족한다는 사실을 알고 있을 것이다.

가족들을 위해 맛 좋은 호박파이를 굽고, 아끼는 인형들을 소중히 돌보고, 슬리퍼와 손수건에 예쁜 수를 놓는 그녀의 온화한 삶에서는 타인을 치유하는 에너지가 배어나온다. 그녀가 사랑하는 자매들 중에서도 유달리 조와 애틋한 우애를 보이는 것은 아마도 이런 이유 때문일 것이다. 누구보다 큰 꿈을 품고 있으며, 그런 만큼 누구보다 자주 세상과 부딪치는 조에게 고요하면서도 다정한 베스의 존재는 상처에 붙이는 반창고처럼 얼핏 흔한 듯 보여도 결코 없어서는 안 될 치료제이다.

베스가 성홍열에 걸렸을 때, 조는 힘들어하는 가족들 사이에서도 눈에 띄게 큰 두려움을 보인다.

"그 아이는 내 양심이야! 절대 못 보내! 난 베스를 절대로 포기할 수 없어!"

조의 처절한 울부짖음에서는 강하고 활달한 척하면서도

베스에게 깊이 의존하고 있던 그녀의 마음이 고스란히 전해진다.

네 자매 중에서 조와 가장 비슷한 성향을 지닌 한 사람으로서, 나는 베스를 향한 그녀의 절절한 애정을 충분히 이해할 수 있다. 그리고 정확히 같은 이유로, 나는 '나'라는 사람을 구성하는 크기도 색깔도 제각각인 조각 가운데서 베스와 같은 모습을 가장 소중히 여긴다.

"내 속엔 내가 너무도 많아서……"로 시작하는 어느 노래 가사처럼, 내 안에는 서로 다른 성격을 지닌 여러 명의 소녀가 살고 있다. 그중에서도 존재감이 가장 큰 선머슴 소녀는 늘 뾰족한 세상에 부딪치며 크고 작은 상처를 입는다. 그녀가 따끔따끔 쓰라린 마음을 안고 풀이 죽어 집으로 돌아오면, 혼자 있을 때만 나오는 조용한 소녀가 살며시 얼굴을 내민다. 그녀는 말없이 채소를 썰고 달걀을 풀고 국을 데워서 따끈한 밥상을 차려준다. 식사를 마치면 좋아하는 고전 영화를 틀어놓고 소파 구석에 쪼그리고 앉아 조용히 수를 놓는다. 온종일 강한 모습을 보이느라 지쳐 있던 선머슴 소녀는 그 곁에 앉아 하루의 고단함을 녹인다.

가장 진지한 고백

"힘들 때면 내가 공주라는 생각을 해. '나는 공주다. 나는 요정 공주다'라고 말야."

『소공녀』의 세라 크루는 말한다.

"난 밤마다 자기 전에 창밖에서 요정의 존재를 찾아. 부디 요정의 존재를 믿어줘!"

『빨강머리 앤』의 앤 셜리는 말한다.
하지만 『작은 아씨들』의 에이미 마치는 이렇게 말한다.

"나한테 천부적인 재능이 있다면 발견하겠지. 하지만 그렇지 않다면, 집으로 돌아와서 그림을 가르치며 돈을 벌 거야."

에이미는 현실적이다. 정말 지독히도 현실적이다. 동화처럼 맑디맑은 시선을 지닌 『소공녀』나 『빨강머리 앤』의 주인공들은 말할 것도 없고, 같은 작품에 등장하는 세 언니나 다른 또래 친구들에 비해서도 월등하게 눈치가 빠르고 세상 돌아가는 이치에 밝다.

유순한 성품의 메그와 베스는 장밋빛 미래를 꿈꾸면서도 어려운 집안 사정이나 허약한 건강을 생각하며 주어진 환경 안에서 행복을 찾으려고 노력한다. 야심가 타입인 조는 자신의 작품으로 위대한 작가가 되리라는 사실을 믿어 의심치 않는다. 하지만 우리의 현실주의자 에이미는 다르다. 그녀는 부유한 친척의 눈에 들어 모두가 부러워하는 유학 기회를 손에 넣었으면서도, 일정 기간 안에 재능을 발견하지 못하면 즉시 고향으로 돌아와 미술 교사가 되겠다는 '플랜 B'를 세워둔다.

사실 그녀의 야무진 현실 감각은 떡잎부터 달랐다. 네 자매가 다 함께 모여 앉아 순례자 역할극 얘기를 하던 크리스마스이브 저녁, 흥미로운 스토리에 푹 빠진 언니들과 달리 막내인 에이미는 시큰둥한 목소리로 말한다.

"난 이제 그런 유치한 놀이를 하기엔 너무 나이를 먹어 버렸어."

어머니와 아버지가 전장으로 떠나고 자매끼리 집을 지켜야 하는 낯설고 두려운 상황에서도, 가장 초연한 모습을 보인 것은 열두 살짜리 에이미였다.

"불안이란 참 흥미로운 감정이야."

이런 조숙한 발언으로 언니들의 웃음보를 터뜨리면서.

그녀는 역경 앞에서 눈물을 떨구거나, 기도를 올리거나, 현실을 회피하지 않는다. 그저 재빨리 상황을 파악하고 플랜 B로 전환할 태세를 갖출 뿐이다.

하지만 그렇다고 해서 그녀가 마냥 꿈도 희망도 없는 팍팍한 애어른인 것은 아니다. '유치한 애들 놀이'라고 비웃으면서도, 역할극에 나오는 순례자의 마음가짐을 가장 진지하게 받아들인 것은 바로 에이미였다. 언니들과 대화를 나눈 뒤, 그녀는 남몰래 꼭 갖고 싶었던 색연필 세트를 포기하고 어머니의 크리스마스 선물을 사기로 결심한다. 겉보기엔 그저 냉정하고 현실적인 아이처럼 보일지 모르겠지만, 속으로는 누구보다 진지하게 이상을 추구하는 인물이 바로 그녀인 것이다.

나는 유학길에 오르는 에이미의 다짐에서 지극히 그녀다운 현실과 이상의 조화를 엿보았다. 그녀가 시작도 하기 전부터 실패의 가능성을 염두에 둔 것은 자신의 재능을 믿지 못한다는 뜻이 아니라, 설사 위대한 예술가가 되지 못하더라도 그림을 놓지 않겠다는 결심의 표현이었을 것이다. 현실적인 한계가 닥친다 해도 어떻게든 함께할 방법을 찾겠다는 약속. 이것은 그녀가 자신의 꿈을 향해 던지는 가장 진지한 고백이었으리라.

이상과 현실 사이에서 줄타기를 하며 살아가는 한 평범한 인간으로서, 나는 종종 그녀의 선택을 떠올린다. 현실을 위해 꿈을 포기하거나 꿈을 위해 현실을 내던지는 것만이 유일한 방법이 아님을, 이 당찬 소녀는 이미 알고 있었던 것이다.

쓸데없는 생각을 하는 아이

"넌 왜 그렇게 쓸데없는 생각을 하니?"

내가 기억하는 한, 이 말을 처음 들은 것은 초등학교 4학년 수업 시간이었다. 과목이 무엇이었는지까지는 기억나지 않지만, 선생님이 교단에 서서 결혼 풍습에 대해 설명해주고 있을 때였다. "웨딩드레스의 하얀색은 신부의 순결함을 상징합니다." 이 말을 들었을 때, 나는 손을 들고 본능적으로 떠오른 질문을 던졌다. "그럼 검은색 옷을 입은 신랑은 순결하지 않나요?"

선생님은 피로에 찌든 표정으로 한숨을 푹 내쉬더니 나를 향해 말했다. 넌 왜 그렇게 쓸데없는 생각을 많이 하냐고('왜' 와 '그렇게' 사이에 '항상'이라는 단어가 들어 있었던 것 같기도 하다). 그 얼굴이 너무나 지치고 힘들어 보였기 때문에, 나는 진심으로 죄송한 마음이 들었다.

그날 이후 나는 스스로 '쓸데없는 생각을 하는 아이'라는 정체성을 갖게 되었다. 그리고 세월이 갈수록 그때 그 선생님의 평가는 백번 옳았던 것으로 드러났다. 내가 머릿속에 떠오르는 의문이나 의견을 있는 그대로 말하면, 사람들은 대개 '이상하다', '특이하다' 혹은 '피곤하다'는 반응을 보였다.

나는 점점 생각을 감추는 데 익숙해졌다. 솔직한 마음을 표현하고 싸한 분위기를 연출하느니, 맞장구만 치면서 상대에게 맞춰주는 쪽이 훨씬 쉽고 편했다. 물론 로봇이 아닌 이상 행동을 100퍼센트 통제할 수는 없었고, 가끔은 저도 모르게 불필요한 생각이 불쑥 입 밖으로 튀어나오기도 했지만, 나는 곧 사족을 덧붙여 말끝을 얼버무림으로써 위기를 모면하는 기술을 익혔다. "검은 옷을 입은 신랑은 순결하지 않나요?" 따위의 헛소리를 했더라도, 사람들 반응이 묘하다 싶으면 "검은색에도 그 나름대로의 좋은 뜻이 있겠죠"라는 변명조의(그리고 대답이 필요 없는) 문장을 재빨리 덧붙이는 것이다. 이러한 생존기술 덕분에, 나는 이상하고 특이한 본래의 성격을 누르고 무난하게 사회생활을 이어갈 수 있었다.

그런데 회사를 그만두고 글을 쓰기 시작한 직후, 내게 생전 겪어본 적 없는 신기한 일이 일어나기 시작했다. 변화를 가장 처음 깨달은 것은 대학 동아리의 졸업생들이 한자리에 모인 동문회 날이었다. 친한 친구들도 있었지만 데면데면한 선후배도 많은 자리였기에 최대한 말조심을 하려고 노력했건만, 한창 대화에 참여하다 보니 그놈의 쓸데없는 질문이 또다시 튀어나오고 말았다. 나는 아차 싶은 마음에 입을 다물고, 최대한 빨리 사족을 덧붙여 분위기를 무마하려고 머리를 굴렸다. 그런데 내가 미처 변명을 꺼낼 새도 없이, 앞자리에 앉아 있던 동기 하나가 불쑥 이런 말을 던졌다. "오, 역시 글 쓰는 사람은 생각이 다른데?"

당황한 마음에 우물쭈물 주위를 둘러보던 나는 같은 테이블 사람들이 특별히 불편한 기색 없이 맞장구를 쳐준다는 사실에 깜짝 놀랐다. 오잉? 이게 무슨 시추에이션이지?

더욱 신기한 것은 그날 이후로 비슷한 일이 몇 번 더 일어났다는 것이다. 초반의 얼떨떨함이 한결 가시고 나자, 나는 내 앞에 찾아온 상황을 조금씩 이해하게 되었다. 학교나 회사라는 집단의 프레임을 쓰고 있을 때, 자잘한 일에 의문을 갖는 내 성격은 단체 생활에 방해가 되는 '모난 돌'에 불과했다. 하지만 집단을 벗어나 글밥을 먹고 살게 된 순간부터, 남들과 핀트가 다른 내 질문들은 불편한 생각이 아니라 '지극히 글 쓰는 사람다운 의문'으로 받아들여졌다. 30여 년간 누르지 못해 애를 먹었던 쓸데없는 생각이 태어나서 처음으로 쓸데 있는 생각으로 인정받은 것이다.

이 시점에서 나는 자연스레 조를 떠올렸다. 그녀의 넘치는 상상력과 재기발랄한 입담은 고요하고 음울한 마치 숙모 할머니의 집에서 아무런 가치를 지니지 못했다. 조의 친척이자 고용주인 마치 여사는 오로지 체면과 평판만을 중요시하는 사람으로, 조가 지어내는 모험담에 전혀 관심이 없을뿐더러 여자답지 못하다며 경멸하기까지 한다. 가족의 생활비를 벌기 위해 어쩔 수 없이 일하고는 있지만, 하루 종일 숙모의 시중을 드는 것 외에 아무것도 허락되지 않는 플럼필드 저택에서의 일상은 조에게 감옥이나 다름없다. 그곳에서 할 수 있는 거라곤 심술궂은 숙모가 『아라비안 나이트』에 나오는 악당이라고 생각하며 마음의 위안을 얻거나 그녀가 잠들었을 때 서재에 숨어들어 책을 훔쳐 읽는 것뿐이다.

하지만 플럼필드를 벗어나 뉴욕으로 떠난 뒤, 그녀 앞에는 새로운 세상이 펼쳐진다. 숙모의 집에서 인생의 걸림돌 취급을 받았던 상상력과 모험심은 이제 그녀의 디딤돌이 된다. 그녀는 대담하게도 직접 쓴 글을 들고 신문사를 찾고, 바에르 씨의 조언에 따라 가족을 소재로 소설을 쓰기 시작한다.

때로는 실패를 맛보고, 때로는 시행착오도 겪지만, 적어도 그녀는 더 이상 마음속에서 솟아나는 욕구를 억누를 필요가 없다. 유학 생활을 마치고 고향으로 돌아갈 무렵, 그녀는 비로소 인생을 걸고 나아갈 방향을 찾았다고 느낀다.

책 밖에서 조의 삶을 지켜본 독자로서, 나는 그녀 앞에 펼쳐질 미래를 알고 있다. 그녀가 고향에 가서도 글을 놓지 않았고, 그렇게 완성한 작품이 큰 성공을 거뒀으며, 결국 일과 사랑과 행복을 모두 손에 넣었다는 이야기를 말이다. 한 가지 더, 나는 그녀가 모든 역경을 극복하고 해피엔딩에 골인한 나이가 이제 막 도전의 입구를 지나고 있는 내 나이와 거의 같다는 사실도 알고 있다.

나는 조보다 훨씬 늦게, 훨씬 먼 길을 돌아서 이곳까지 왔다. 내 삶은 소설이 아니므로 앞으로 어떤 일이 펼쳐질지 짐작조차 할 수 없다. 하지만 늘 숨기고 누르려 애썼던 내 생각에서 조금의 쓸모를 찾아냈다는 것만으로도, 여기서 몇 걸음쯤 더 나아가볼 충분한 이유가 된다고 느낀다.

"난 작은 배려의 기회를 무시하고 큰 호의를 베풀 때만 기다려. 하지만 결국엔 작은 것들이 빛을 발하더라고."

–『작은 아씨들』 중에서

"I wait for a chance to confer a great favor, and let the small ones slip, but they tell best in the end."

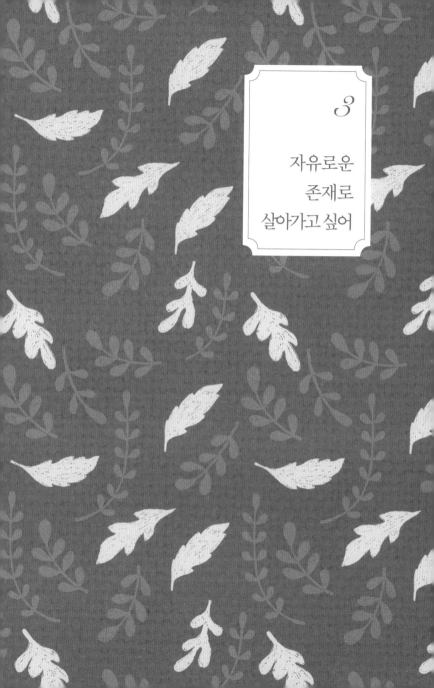

3

자유로운
존재로
살아가고 싶어

조가 결혼을 하다니!

조가 결혼하다니! 조가, 그 조세핀 마치가 결혼을 하다니! 어린이용 동화책으로만 알고 있던 『작은 아씨들』의 원작을 제대로 읽었을 때, 내가 가장 큰 충격을 받은 대목은 바로 이 부분이었다. 두께가 얇고 글보다 그림이 많았던 동화책 버전은 전쟁터에 나갔던 아버지가 돌아오시는 크리스마스 날까지의 이야기만을 다루고 있었기 때문에, 10대 소녀였던 네 자매가 어른이 된 후에 일어난 일들은 원작을 읽기 전까지 오직 상상의 영역으로만 남아 있었다.

사실 디테일에 차이가 있을 뿐, 나머지 세 자매의 미래에 대한 예상은 어느 정도 들어맞았다. 천생 숙녀였던 메그는 사랑하는 사람을 만나 행복한 가정을 꾸렸고, 도도하고 자존심 강하던 에이미는 바라던 대로 예술을 추구하는 삶을 살게 되었다. 베스가 끝내 생명의 끈을 놓았을 때는 눈이 벌게지도록 울었지만, 이 지상에 속해 있기엔 너무나 여리고 약하던 그녀였기에 부디 천국에서 평안을 찾길 진심으로 기원하며 힘들게나마 보내줄 수 있었다.

하지만 조의 결혼은 정말이지 예상 밖의 이벤트였다. 매력 넘치는 옆집 청년의 열렬한 구애에도 눈 하나 깜짝 않던, 이렇게 당당히 외치던 그녀가 아니었던가.

"난 누구하고도 결혼하지 않을 거야."

내 안에서 조는 독신 여성의 수호신인 아르테미스 여신과 거의 동급의 이미지였다. 그런 그녀가 자신보다 스무 살쯤 많은, 고른 치아를 제외하곤 잘생긴 구석도 없는 데다 늘 헝클어진 머리와 구멍 난 양말 차림으로 돌아다니는 바에르 교수에게 홀딱 반해버리다니. 그녀가 좋아하는 남자 앞에서 수줍게 얼굴을 붉히고, 절절한 연애편지를 쓰고, 먼저 프러포즈까지 하는 장면은 '조'라는 이름을 결혼의 반의어쯤으로 여기고 있던 내게 그야말로 쇼킹한 사건이었다.

『작은 아씨들』의 팬들 사이에서 이 부분을 두고 엄청난 논

란이 일어난 것은 어찌 보면 당연한 일이었다. 전해지는 바에 따르면, 저자 루이자 메이 올컷은 본래 조를 누구와도 결혼시키지 않을 작정이었다고 한다. 조와 로리를 맺어달라고 성화를 부리는 팬들에게도, 그녀는 "나는 누군가를 즐겁게 해주기 위해 두 사람을 결혼시킬 생각이 없다"라며 단호하게 선을 그었다. 하지만 그 이후에도 '조에게 행복을 찾아달라'는 독자와 출판사의 요구는 끊이지 않았고, 결국 그녀는 조를 제3의 남성에게 시집보냄으로써 그 소모적인 줄다리기에 마침표를 찍었다.

어떤 독자들은 올컷이 자신의 신념을 지지해주지 않는 독자들에게 소심한 복수(?)를 하기 위해 조에게 늙고 가난하고 어리숙한, 소위 '폭탄'인 바에르 교수를 붙여버렸다고 믿는다. 하지만 내 생각은 조금 다르다. 물론 내가 상상했던 이상적인 전개는 조가 결혼을 하지 않고 전 세계를 돌며 자유로이 집필 활동을 하는 것이었지만, 결국 누군가와 결혼을 할 수밖에 없는 운명이었대도, '킹카'인 로리가 그녀에게 어울리는 상대였는지는 잘 모르겠다.

젊고 훤칠한 데다 부유하기까지 한 로리는 분명 매력적인 남성이다. 하지만 조가 그를 거절하면서 한, 말마따나 두 사람은 너무나 강한 성격을 지녔으며, 따라서 부부라는 관계로 엮였다면 분명 끝없이 부딪치며 서로를 힘들게 했을 것이다. 더군다나 여성에게 직업보다 안주인으로서의 역할이 강조됐던 1860년대 사회에서, 로렌스 가문이라는 명문가의 맏며느리에게 독자적인 작품 활동 기회가 주어졌을 가능성이 과연 얼마나 될까.

로리의 성격과 재산, 사회적 지위는 조의 꿈에 제약이 되었겠지만, 뛰어난 지성과 온화한 성품 외에 가진 것이 없는 바에르 교수는 여러모로 조를 지원하는 역할을 한다. 그녀에게 독일어를 가르쳐줄 때도, 그녀의 원고를 읽고 비평할 때도, 그는 자존심 강한 조가 상처받지 않도록 '쓴 알약을 달콤한 젤리에 넣어서 먹이듯' 다정한 배려를 아끼지 않는다. 훗날 조가 전 재산을 털어서 가난한 아이들을 위한 학교를 세우겠다고 결심했을 때도, 그는 기꺼이 그 학교의 선생님이 되겠다고 말하며 아내가 선택한 가시밭길을 함께 걷는다.

나는 올컷이 조에게 꽤 괜찮은 반려자를 선물했다고 본다. 분명한 꿈과 확고한 자아를 지닌 조에게는 스스로 받들어야 하는 남편보다 자신을 받쳐주는 배우자가 더 어울린다. 남성의 구애를 수동적으로 기다리지 않고 먼저 나서서 마음을 표현하는 점도 충분히 그녀답다. 지적이면서도 겸손한 바에르 교수는 아마도 1860년대에 조가 만날 수 있는 최선의 파트너였을 것이다.

　하지만 올컷과 조, 두 사람의 결정을 충분히 이해하면서
도, 바에르 교수가 '주어진 객관식 보기 중에서 그나마 나은'
선택지였다는 생각만은 떨치기가 어렵다. 조 마치가 21세기
에 태어났다면, 그녀는 왠지 19세기에 존재하지도 않았던
단어인 '비혼'을 몸소 실천하는 작가이자 100퍼센트 독립된
인격체로 살아갔을 것만 같다.

가족이 된다는 것

작은 아씨들의 남편감 찾기 소동은 조에서 그치지 않는다.
사실 자매의 연애와 사랑 이야기라는 면에서, 조의 결혼 다
음으로 독자들에게 큰 충격을 안겨준 사건은 바로 로리와
에이미의 만남이었을 것이다. 수년 동안 조를 향해 일편단
심 애정을 보여왔던 로리가 실연의 충격에 휘청이더니 별안
간 에이미에게 사랑 고백을 해버린 것이다. 심지어 에이미는
한때 자신의 언니를 사랑했던 남자의 고백을 순순히 받아들
인다. 뜬금없이 튀어나와 조를 낚아챈 바에르 교수와 마찬가
지로, 조가 아니면 영원히 수절이라도 할 것 같았던 로리가
다른 사람도 아닌 그녀의 막냇동생과 연인이 된다는 전개는
원작 팬들 사이에 다양한 해석과 논쟁을 불러일으키기에 충

분했다.

나는 개인적으로 로리와 에이미가 오랜 방황 끝에 서로에 게서 진정한 인연을 발견했다고 믿는다. 아직 진실한 사랑 을 경험해본 적 없던 시절, 로리는 자신과 너무나도 닮은 조 에게서 열정을 느꼈고 에이미는 부유한 데다 자신에게 푹 빠진 프레드와 '대충 결혼해도 상관없겠다'는 가벼운 생각 을 하고 있었다. 하지만 각자의 상처를 안고 낯선 유럽 땅에 서 만나 많은 시간을 보내는 동안, 두 사람은 상대방이 자신 의 결점을 보듬고 마음을 열어줄 수 있는 유일한 사람이라 는 것을 깨달았다. 결국 그들은 주변을 둘러싼 여러 가지 제 약을 극복하고 미래를 약속하는 사이로까지 발전한 것이다.

순애보나 영원한 사랑을 기본 옵션으로 탑재한 여타 소설 의 주인공들과는 사뭇 다른 행보지만, 현실 세계에서는 젊은 남녀가 풋풋하지만 미숙한 첫사랑을 끝내고 진지하고 성숙 한 연애를 시작하는 것이 딱히 놀라운 일도 아니다. 그런 의 미에서, 나는 소설 속 로리와 에이미의 새로운 사랑을 자연 스럽게 받아들인 '지지파'에 가까웠다.

그럼에도 불구하고, 그 진지하고 성숙한 연애의 대상이 하 필 좋아했던 여성의 친동생이라는 설정에는 충분히 논란의 여지가 있다. 두 사람의 사랑을 부정하는 '반대파' 팬들은 이러한 전개가 오직 조와 로리를 결혼시키지 않으려는 의도에서 나온 작가의 무리한 설정이라고 주장했고, '회의파'에 해당하는 팬들은 느닷없이 에이미를 반려자로 선택한 로리의 결정에 단순한 심경의 변화를 뛰어넘는 또 다른 이유가 있으리라고 확신했다. 그리고 질리언 암스트롱 감독은 아마도 로리와 에이미의 만남이 사랑만으로는 설명되지 않는다고 생각한 '회의파' 팬들 중 한 명이었던 것 같다.

그녀의 영화는 같은 원작을 소재로 삼은 2차 창작물 중에서 가장 큰 사랑을 받은 작품 중 하나일 것이다. 위노나 라이더와 크리스천 베일, 커스틴 던스트를 포함한 화려한 출연진도 돋보이지만, 뭐니 뭐니 해도 이 작품의 가장 큰 매력은 자극적인 각색을 최소화하고 원작의 잔잔한 스토리와 감성을 고스란히 살렸다는 점이다. 러닝 타임 관계상 일부 삭제되거나 세세한 부분에서 약간 변화를 준 장면은 있어도, 암스트롱 감독의 영화는 기본적으로 원작의 줄거리를 충실하게 따라가며 네 자매와 주변 인물들의 삶을 생생한 영상으로 재현하는 데 집중하고 있다. 딱 한 가지, 에이미와 로리가 사랑에 빠지는 부분만 빼고.

로리가 조에게 대차게 차인 뒤 에이미와 연인으로 발전한다는 설정 자체는 소설과 영화가 다르지 않다. 하지만 유럼에서 에이미를 만나며 자연스레 마음이 흔들리는 소설 속 로리와 달리, 영화 버전의 로리는 에이미에게 갑작스런 프러 포즈를 하면서 이렇게 말한다.

> "난 무슨 일이 있어도 마치가의 일원이 되어야 해."
> "예전부터 그렇게 되리라는 걸 알고 있었어."
> "나는 조의 사랑을 받는 바에르가 부럽고, 메그와 결혼
> 한 브룩도 부러워."

다시 말해서, 영화 속 로리는 진정한 사랑을 느껴서가 아 니라 어릴 때부터 동경해왔던 화목한 마치 가족의 일원이 되기 위해서 그녀를 평생의 반려자로 선택한 것이다.

처음 로리의 프러포즈 장면을 봤을 때, 나는 분노와 당혹 감에 등줄기에서부터 소름이 올라왔다. 아니, 그 가족에 포 함되고 싶다는 이유로 사랑하지도 않는 여자와 결혼을 하겠 다고? 이건 거의 소시오패스 아냐?

하지만 시간을 두고 찬찬히 곱씹을수록, 영화 속 로리를 향한 내 감정은 들끓는 분노에서 서글픈 연민으로 바뀌어갔 다. 어쨌든 그가 살던 시절은 현대가 아니라 남녀 관계를 지 금보다 훨씬 획일적이고 보수적인 관점에서 바라보던 1800

년대였던 것이다. 어릴 적 부모님을 잃고 외롭게 자란 그에게, 할아버지를 제외하고 진정한 가족이라고 부를 수 있는 사람들은 오직 마치가의 네 자매뿐이었다. 하지만 그녀들이 모두 성인이 되어 다른 남성과 결혼해버린다면 '외간 남자'인 로리로서는 더 이상 사랑하는 마치 가족과의 접점을 찾을 수 없게 될 것이다. 가족을 잃어버릴지도 모른다는 절박한 두려움. 어쩌면 암스트롱 감독은 로리가 보인 갑작스러운 변화의 원인을 이 두려움에서 찾았던 게 아닐까?

앞 장에서 얘기했듯이, 나는 조가 21세기에 태어났다면 비혼주의자가 되었으리라고 믿어 의심치 않는다. 그리고 같은 급부에서, 영화 속 로리와 에이미가 지금 시대를 살고 있었다면 함께하기 위해 일단 결혼부터 떠올려야 하는 일은 없었을 거라고 생각한다. 두 사람은 어떤 관계가 되었을까? 연애 감정과 무관한 이성 친구? 아니면 최근 서구권을 중심으로 확산되기 시작한, 결혼보다 다소 가벼운 가족 형태인 '시민 동반자 관계(Civil Partnership)'?

무엇이 되었든, 두 사람이 프러포즈 앞에서 "난 무슨 일이 있어도 마치가의 일원이 되어야 해" 같은 안타까운 대사를 주고받아야 하는 일은 결코 일어나지 않았을 것이다.

•

중요한 것은 결혼이 아니라,

H언니는 미혼 여성을 수집하는 중이다. 물건도 아니고 사람을 수집한다니…… 얼핏 듣기엔 좀 섬뜩한 소리처럼 느껴질 수도 있다. 하지만 자세한 사정을 알고 나면, 이것이 무서운 이야기가 아니라 꽤 많이 멋있는 이야기라는 사실을 알게 될 것이다.

그녀는 싱글이다. 몇 년 전까지는 기혼자였지만, 한 차례의 힘든 이혼 과정을 겪고 난 뒤 싱글이자 비혼주의자가 되었다. 나는 그 언니의 전 남편분을 결혼식에서밖에 본 적 없고, 두 사람의 구체적인 이혼 사유가 무엇이었는지도 모른다. 하지만 이혼이(정확히 말하면 이혼 소송이) 진행되는 동안 그녀가 얼마나 힘들어했는지 만큼은 잘 알고 있다. 내가 아는 모든 사람 중에서 가장 똑똑하고, 가장 당당하고, 가장 긍정적이던 H언니는 길고 지난한 소송 과정을 거치는 동안 식욕을 잃고 살이 10킬로그램 가까이 빠졌다.

본인의 표현을 빌리자면 정말 '거지 같은 진흙탕 싸움' 끝에 법적으로 싱글 타이틀을 되찾았을 때, 그녀는 제주도로 내려가서 한 달 동안 몸과 마음을 추슬렀다. 얼마 뒤 서울에서 다시 만난 언니는 다행히도 예전의 당당하고 긍정적인 모습을 거의 회복한 상태였다. 그녀는 비혼주의자가 되겠다고 말했다. 그리고 그녀의 '비혼 선언'에는 단순히 결혼을 하지 않겠다는 의지를 뛰어넘는 특별한 계획이 포함되어 있었다.

그녀는 두 번 다시 결혼이라는 틀에 자신을 가둘 생각이 없었다. 하지만 현실적으로 봤을 때, 당장 10~20년 정도라면 몰라도 나이 든 후에 홀로 지내는 삶은 분명 젊을 때보다 훨씬 외롭고 고달플 가능성이 높았다(언니는 스스로 100퍼센트 준비되지 않은 상황에서 결혼을 택했던 이유도 바로 이런 두려움 때문이었다고 순순히 인정했다). 제주도에 머무는 동안 그녀는 자신의 두려움과 정면으로 마주하며 미래에 대한 계획을 세웠다. 그리고 약 한 달간의 고민과 구상 끝에 찾은 해답은 바로 동성 친구들과 함께 지내는 '셰어하우스'였다.

자신을 속박하려 드는 남편이나 태어날지 어떨지도 모르

는 아기에게 미래를 내맡기는 대신, 언니는 마음이 맞는 여자 친구들과 같은 집에서 살며 서로를 보살피는 '노후'를 준비하기로 결심했다. 정원이 딸린 단독주택을 빌려서 집세를 분담하고, 집 관리도 공동으로 하고, 파티도 열고, 누군가 아프면 다 함께 돌봐주는 것이다. 이혼녀 환영, 반려동물도 환영이고, 자녀가 있다 해도 그 나이쯤엔 모두 성인이 되어 독립했을 테니 셰어하우스 주민들에게 남은 건 그 낙원 같은 집에서 홀가분한 마음으로 친구들과 함께 은퇴 생활을 즐기는 것뿐이다.

언니의 원대한 계획은 4월의 어느 날 조와 메그, 마치 부인이 나눴던 대화의 결론과 자연스레 이어지는 부분이 있다.

"벨이 그러는데, 가난한 여자는 적극적으로 남자를 잡지 않으면 가망이 없대."

메그가 한숨을 폭 쉬며 말하자, 당찬 조가 씩씩하게 받아친다.

"그럼 우린 노처녀(Old maid)로 살면 되지!"

이를 지켜보던 마치 부인은 상심에 빠진 큰딸과 의기양양한 둘째 딸을 동시에 보듬으며, 언제나 그랬듯 현명할 뿐 아니라 시대를 150년쯤 앞서간 조언을 제공한다.

　"조의 말이 맞단다, 메그. 불행한 결혼생활을 하거나 남편감을 찾아 헤매는 것보단 노처녀로 행복하게 사는 편이 훨씬 나아. 중요한 것은 결혼이 아니라, 너희가 자신감을 갖고 안락하게 살아가는 거니까."

　아무래도 H언니는 과거로 날아가 마치 부인의 조언을 듣고 온 모양이다(아니면 현재에서 이 책을 읽었거나). 결혼에 집착하는 대신 자신감을 갖고 안락하게 살아갈 미래를 꿈꾸며, 실제로 착실하게 준비를 해나가고 있으니까. 그녀의 계획을 현실로 만들기 위해 충족시켜야 할 가장 중요한 조건은 그 셰어하우스에서 함께 지낼, 마음이 맞는 여성 친구들을 모집하는 것이다. 누가 성공한 사업가 아니랄까 봐, 준비성 철저한 H언니는 벌써부터 주변을 둘러보며 약 20년 후 자신과 함께할 '하우스 메이트' 후보를 물색하고 있다.

　"원한다면 너도 끼워줄게." 직장 근처의 카페에서 만난 내게, 그녀는 아주 유망한 사업 기회를 제안하듯 말했다. "고맙

긴 한데, 제가 20년 동안 혼자 살리라는 법은 없잖아요?" 나는 반신반의하며 대답했다. "이혼녀도 환영이라니까? 20년 후에 함께할 좋은 배우자가 있다면 그 사람이랑 살아. 하지만 어떤 이유에서든 외롭게 나이 들어가는 상황이 생긴다면, 네가 혼자가 아니라는 사실만 기억해."

솔직히 귀가 아주 솔깃하지 않았다면 거짓말일 것이다. 진지하면서도 개구쟁이 같은 언니의 표정을 보며, 나는 겨우 대답할 말을 찾아냈다.

"다른 건 모르겠는데, 언니 진짜 멋있네요."

•

선택과 결단

맨 처음 메그와 만났을 때, 나는 그녀가 세 동생들에 비해 평면적이고 전형적인 인물이라고 오해했었다. 조와 에이미는 남북전쟁 시기의 흔한 미국 여성들과 달리 작가와 화가가 되고 싶다는 당찬 꿈을 꾸었고, 그 연약한 베스조차 짧은 생의 끝자락에 섰을 때 '사랑을 해보고 싶다'는 로맨틱한 소망보다는 '조 언니처럼 자신만의 미래를 만들어가고 싶다'는 자기 주도적인 바람을 떠올렸다.

반면 어릴 때부터 기사와 숙녀의 러브스토리를 추구하던 메그는 열일곱 살에 사랑에 빠지고, 그 상대와 플라토닉 연애를 하다가 스물이 되자마자 결혼식을 올린다. 그러고는 곧바로 아이를 낳고 평생 한 남자의 아내이자 한 가정의 주부

이자 두 아이의 엄마로 살아간다.

그녀가 내 안에 수동적이고 순종적인 여성상으로 각인된 것은 진취적인 동생들과 비교되는 이런 평범한 행보 때문이었다. 하지만 몇 번(어쩌면 몇십 번)에 걸쳐 네 자매의 발자취를 좇고, 그 속에서 메그의 일생을 들여다보는 동안, 나는 사회가 정해준 궤도를 순순히 따르는 것 같으면서도 그 안에서 자신만의 신념을 잃지 않았던 메그의 강단 있는 본모습을 서서히 깨닫게 되었다.

몰락한 집안의 장녀로서, 결혼으로 집안을 일으켜야 한다는 주변의 압박은 평생 그녀를 옭아매온 무언의 족쇄였다. 눈앞에서 보이는 부유한 친구들의 화려한 삶은 현실적인 갈등을 안겨주었고, 심지어 마치 숙모할머니는 그녀가 자신의 뜻에 따라 결혼하지 않으면 유산을 전혀 물려주지 않겠다는 냉정한 선언으로 가난한 조카 손녀의 자존심을 사정없이 뭉개버린다.

하지만 메그는 충분한 고민과 진지한 노력, 그리고 막대한 유산을 포기하는 과감한 결단 끝에 결국 스스로 원하는 형태의 연애와 결혼을 쟁취한다.

메그가 얼핏 수동적인 인물처럼 느껴졌던 것은 단순히 그녀가 택한 주부나 아내, 엄마로서의 삶이 큰 틀에서 동시대 여성들의 모습과 유사했기 때문이다. 그러나 여성의 결혼을 경제 활동의 일환이자 신분 상승의 수단으로 여기던 사회 분위기에 맞서서 주체적인 결정을 내리는 그녀의 모습은 어떻게 봐도 수동성과는 거리가 멀다.

그녀의 선택과 결단은 현대를 살아가는 우리에게도 많은 점을 시사한다. 세월이 흐르는 동안 그 의미와 무게에 변화가 생겼다고는 해도, 결혼은 여전히 한 인간의 삶에 엄청난 영향을 미치는 요소이다. 게다가 요즘에는 결혼을 둘러싼 환경이 과거와 비교할 수 없을 만큼 복잡해지면서, 개인이 가진 신념의 역할 또한 그만큼 커졌다.

결혼이 모든 사회 구성원의 의무이던 시절, 우리의 유일한 고민은 '누구와 결혼할 것인가?' 정도에 불과했다. 부모님이나 집안 어른들의 관점에서 적당한 상대가 나타나면 지체 없이 결혼식을 올리고, 아이는 다섯이든 열이든 생기는 대로 낳아 기르는 것이 당연했다.

하지만 이제 우리 앞에 주어진 선택지의 조합은 거의 무한대에 가깝다. 일단 결혼을 할지 말지부터 결정해야 하고, 한다면 언제 할지, 누구와 할지, 경제권은 어떻게 분담할지, 아이는 얼마나 낳을지(혹은 낳을지 말지) 생각해야 한다. 이혼에 대한 자유도 또한 예전보다 높아졌으며, 여생을 반드시 이성과 함께할 필요는 없다는 인식도 커지고 있다.

이런 상황에서 우리를 행복의 길로 안내해줄 유일한 이정표는 결국 자기 자신의 신념뿐이다. 메그는 여성에게 인생의 결정권이 거의 주어지지 않던 시대에조차 신념을 무기로 투쟁했고, 결국 원하는 답을 손에 넣었다. 촘촘한 올가미와 높다란 벽 안에서도 자기만의 기준과 규칙을 잃지 않았던 그녀의 모습은 결혼과 관련된 모든 과정에서 그녀보다 훨씬 다양한 선택지를 쥐고 있는 21세기의 우리에게 수많은 고민과 생각의 실마리를 던져준다.

내가 '나만의 결혼 규칙'을 처음으로 생각하게 된 것은 이른바 결혼적령기라고 불리는 나이에 처음으로 진입한 스물일곱 살의 설날이었다. 우리 가족은 평소처럼 오전에 친가에 가서 차례를 지내고, 오후에는 외가 친척들끼리 모여서 식사를 했다.

한창 화기애애한 분위기가 이어지고 있을 무렵, 문득 거의 혼잣말에 가까운 목소리로 나지막이 읊조리는 큰외삼촌의 중얼거림이 내 귀에 닿았다. "우리 메리도 몇 년 안에 결혼을 할 텐데, 그럼 이렇게 얼굴을 볼 수 있는 날도 얼마 안 남았구나……."

그 순간까지 결혼에 대해 한 번도 진지하게 생각해본 적이 없던 철부지 조카였지만, 외삼촌의 입에서 나온 문장에 단순한 아쉬움을 뛰어넘는 어떤 부조리함이 담겨 있다는 사실만큼은 대번에 느낄 수 있었다. 깊게 파고들 것도 없이, 내 '결혼'과 우리의 '이별'을 동일시하는 삼촌의 표현에는 시댁과 처가, 외가와 친가, 사위와 며느리 등이 복잡다단하게 얽힌 계층 관계가 전제되어 있었다.

우리 사회는 보통 '처가'보다 '시댁'을 우선시하고, 심지어 처가 안에서도 '외가'는 '친가'보다 한참 덜 중요한 존재로 여긴다. 이것은 엄연한 사회적 현실이고, 당장 내 주변 지인들만 봐도 결혼한 여성이 명절 당일에 친정의 외갓집까지 방문할 수 있을 가능성은 그다지 높지 않다.

가뜩이나 멀리 떨어져 살면서 얼굴 보기가 힘든 처지인데, 그나마 1년에 두 번 있는 명절에까지 못 만나게 되면 삼촌과 나는 정말로 먼 사이가 되고 말 것이다. 무심코 튀어나온 삼촌의 넋두리에는 이러한 현실적 판단에 기초한 안타까움이 담뿍 묻어 있었다.

조카를 향한 삼촌의 애정에 대한 감동이나 아쉬움에 대한 공감에 앞서, 나는 '처가'와 '외가'라는 이름 앞에 자신의 순위를 한참 낮게 매기는 그분의 체념적 태도에 주체할 수 없는 슬픔을 느꼈다. 자신의 삶을 스스로 책임지는 당당한 여성을 표방하며 살아왔으면서도, 앞뒤 설명조차 없는 짧은 푸념 한마디에 결혼으로 강등될 나의 지위와 우리 가족의 지위, 외가 친척들의 지위가 한 방에 이해될 정도로 이 사회의 뿌리 깊은 관습에 저도 모르게 익숙해진 내 모습에 적잖이 당황하기도 했다.

아이러니하게도, 큰외삼촌의 서글픈 체념은 마치 숙모할머니의 날카로운 으름장이 메그에게 발휘한 것과 정확히 같은 효과를 불러일으켰다. 지금껏 결혼에 대해 깊게 고민해본 적도 없던 내가, 그날을 계기로 미래의 반려자에 대한 자신만의 기준과 규칙을 세워야겠다고 마음먹은 것이다.

스물일곱의 그 설날 이후, 나는 언제 누구랑 결혼을 한대도 지금 명절마다 보내는 소중한 친척들과의 시간을 포기하지 않기로 결심했다. 무슨 일이 있어도(설령 부유한 숙모할머니의 막대한 유산이 달려 있다 해도) 명절에 친정의 외갓집을 찾을 수 없도록 만드는 그런 동반자 관계는 절대로 맺지 않을 것이다. 이것은 내가 세운 결혼의 첫 번째 규칙이었다.

열일곱의 메그 마치가 경제적 수단으로서의 결혼을 거부했듯이, 스물일곱의 나는 우리 가족의 동등한 권리를 인정해주지 않는 결혼을 거부하기로 결정했다.

이러한 선택의 결말이 혼자 지내는 삶이 될지, 메그처럼 스스로 원하던 형태의 이상적인 동반자 관계가 될지는 아직 알 수 없다. 하지만 어떤 결론이 나더라도, 나만의 신념과 기준을 갖고 내린 결정이 그렇지 않은 결정보다 행복에 조금이라도 더 가까우리라는 생각에는 지금도 변함이 없다.

"난 혁명가들이 좋아. 할 수만 있다면 나도 그렇게 되고 싶어. 세간의 비웃음을 받는다 해도, 그들이 없다면 세상은 결코 제대로 돌아갈 수 없어."

– 『작은 아씨들』 중에서

"I do like them, and I shall be one if I can, for in spite of the laughing the world would never get on without them."

미래의 나와 내 고양이를 먹여 살리기 위해

얼마 전 지방으로 강연을 다녀왔다. '직장인에서 프리랜서로'라는 주제로 열린 세미나였는데, 최근 맹렬히 불고 있는 퇴사 열풍을 반영하기라도 하듯 다양한 연령대의 방청객이 몰리면서 참가 신청이 조기 마감될 정도로 반응이 뜨거웠다. 한창 PPT를 만들고 스크립트를 짜면서 준비에 몰두해 있을 무렵, 주최 측에서 메일 한 통을 보내 왔다. "강연 준비에 참고해주세요"라는 간결한 메시지와 함께.

첨부된 워드 파일에는 방청객들이 참가를 신청하면서 적어낸 신청 사유가 쭉 적혀 있었다. 대학 새내기인데 프리랜서의 삶이 궁금해요. 직장생활의 단조로움에서 한계를 느끼고 프리랜서로 전향을 꿈꾸고 있어요. 아이를 기르면서 할 수 있는 직업 정보를 찾고 있어요. 저마다의 사연을 품은 글들을 쭉 읽어내려가던 중, 내 시선은 특별히 눈길을 끄는 문장 하나에서 저도 모르게 멈춰 섰다. "프리랜서로 어떻게 돈을 벌어서 미래의 나와 나의 고양이를 먹여 살릴 수 있을지 궁금합니다(이 문장은 작성자 분이 적어주신 말을 토씨 하나 바꾸지 않고 그대로 인용한 것이다)."

제각각이면서도 저마다의 진심이 배어 있는 수십 개의 사연 중에서, 그 글귀는 유달리 내 마음에 큰 울림을 가져왔다. 나는 담담한 듯 써내려간 글자 하나하나에서 사랑하는 존재를 지키려는 책임감과 낯선 미래에 대한 두려움을 동시에 느꼈다.

20년 전에 같은 주제로 강연을 했다면, 아마도 이와 같은 신청 사유는 찾아보기 어려웠을 것이다. 그 시절은 '처자식을 먹여 살리기 위해' 혹은 '아이들 학원비를 벌기 위해' 일을 하는 것이 당연하던 때였으니까. 고양이란 여유 있는 집에서나 키우던 애완동물이었고, 애완동물을 먹여 살리기 위해 일을 한다는 것은 나사 빠진 인간의 배부른 소리에 지나지 않았다.

하지만 이제는 상황이 완전히 바뀌었다. 오늘날 고양이는 (강아지나 도마뱀, 족제비와 마찬가지로) 애완동물이 아니라 반려동물로 인정받는다. 우리는 반려자의 행복을 위해 일을 하듯 반려동물에게 건강과 행복을 선사하기 위해 일을 한다. 비록 경제적으로 풍족하지 못한 상황일지라도, 사랑하는 이를 지키기 위해 최선을 다하는 것은 너무나 당연한 일이다. 일부 보수적인 어르신들이 이런 세태를 걱정스런 눈길로 바라본다는 사실은 잘 알지만, 이러한 현상은 역사적인 관점에서 봤을 때도 특별히 이상할 것 없는 자연스러운 변화의 일환이다.

21세기 초반을 지나고 있는 이 시점에 가장 일반적인 가정의 형태는 배우자와 자녀 한두 명이 함께 지내는 핵가족이다. 하지만 우리 윗세대까지만 해도 '가족'이란 3대가 모여 사는 대가족을 뜻했다. 그 전에는 가까운 친척들이 한 울타리 안에 거주하는 것이 일반적이었고, 아직도 어떤 지역에는 아주 먼 친척들까지 같은 마을에서 함께 지내는 집성촌의 흔적이 남아 있다. 집성촌이 대가족으로 줄어들고, 대가족이 핵가족으로 축소되는 동안에도 혀를 끌끌 차는 사람들은 반드시 존재했을 것이다. 하지만 시대는 착실히 변해왔고, 우리는 이렇게 핵가족의 시대를 거쳐 또 다른 형태의 가족이 존재할 미래로 나아가고 있다.

콩코드 교외의 작은 마을에 살던 마치 가족은 아마도 당시 기준에서 지극히 일반적이고 정상적인 가정의 모습이었을 것이다. 부부가 결혼해서 네 아이를 낳고, 한 마을에 사는 숙모할머니를 큰 어른으로 모시며, 훗날 결혼한 자녀들 또한 같은 동네에 터를 잡고 아이를 낳아 기른다. 하지만 작품 곳곳에는 현실과 마찬가지로 막을 수 없는 변화의 물결이 슬쩍 슬쩍 내비치고 있다. 그중에서도 가장 대표적인 예는 역시 조가 뉴욕에서 지냈던 커크 부인의 하숙집일 것이다.

대도시 한복판에 위치한 그 건물에는 젊은 여성부터 외국에서 온 청년, 나이 든 신사까지 서로 다른 성별과 연령, 배경을 지닌 사람들이 각각 방 한 칸씩을 차지한 채 지내고 있다. 요즘으로 치면 원룸 오피스텔 정도 될까? 서로 모르는 남녀가 한 지붕 아래 산다는 주거 형태 자체도 파격적이지만, 그곳에서 조와 새로운 우정을 쌓아가는 인물인 노턴 양은 콩코드 시골에서는 볼 수 없던 특별한 캐릭터이다. 그녀는 하숙집에서 홀로 지내는 여성으로, 부유하고 지식이 풍부한 데다 인간성까지 좋다. 사교계와 무도회에만 목을 매던 고향의 소녀들과 달리, 노턴 양은 극장과 음악회에서 교양을 쌓으며 지식인들과도 폭넓게 교류한다. 문학계의 유명 인사들이 참석하는 토론회에 조를 데려가준 것도 바로 그녀였다.

『작은 아씨들』의 시선으로 바라본 노턴 양은 분명 외로운 노처녀가 아니라 당당한 독신 여성이다. 혼기 놓친 여성이 인생의 패배자 취급을 당하던 그 시대에도(심지어 메그는 열여섯 살부터 그런 운명을 맞을까 봐 전전긍긍했다) 멋지고 자유로운 독신 여성들은 이렇게 한 명씩 모습을 드러내고 있었다. 그리고 지금 뉴욕에는 노턴 양과 같은 여성이 못해도 수만 명쯤 존재할 것이다. 19세기에는 마냥 특이하게 비쳤을 노턴 양의 삶이 시간의 가호를 받아 평범한 여성의 일반적인 선택지로 자리 잡았듯, 고양이를 먹여 살리기 위한 그 신청자분의 상냥한 노력 또한 언젠가는 지극히 당연한 삶의 형태로 자리 잡으리라고 믿는다.

나는 다른 누구보다도 그 이름도 얼굴도 모르는 고양이의 주인에게 도움이 되었으면 좋겠다는 마음으로 강연을 준비했다. 사람들 앞에 선다는 것은 언제 겪어도 떨리는 경험이지만, 그날만큼은 수십 명의 관중 사이에 앉아 있을 그 한 사람이 혹여 내 이야기에 만족하지 못할까 봐 유독 긴장이 되었다. 자신보다 약한 존재를 돌보는 데서 행복을 발견하는 사람. 누군가에게 의지하기보다 누군가가 의지할 버팀목이 되기 위해 깜깜한 어둠 속에서도 포기하지 않고 길을 찾아 헤매는 사람.

"오늘 이 자리에 와주신 분 중에 인상적인 삶의 목표를 갖고 계신 신청자 분이 계신데요." 나는 강연 중에 잠깐 시간을 할애하여 그 사연을 언급했다. 개인적으로 응원을 전하고 싶은 마음도 컸지만, 그분의 작지만 굳건한 신념이 '회사'라는 틀에서 벗어나고 싶어 이 자리에 모인 방청객들에게 비유적으로나마 위로와 용기를 전할 수 있으리라고 생각했기 때문이다. "혹시 수줍은 성격을 갖고 계실지도 모르니까, 손을 들어 달라거나 하진 않을게요. 하지만 자신과 자신이 보호하는 생명을 책임지고 싶다는 그 마음이 너무나 멋지다는 말씀을 꼭 드리고 싶어요."

장장 두 시간에 걸친 강연과 질의응답을 마치고 사람들이 하나둘 자리를 떠날 무렵, 한 호리호리한 여성분이 내게 다가와 말을 건넸다. "그 고양이 사연, 제가 쓴 거예요. 정말 감사합니다." 내 이야기가 그분과 고양이의 미래에 조금이나마 도움이 되었을까? 나는 떨리는 마음에 차마 물어보지 못했다. 하지만 프레젠테이션 때문에 어둡게 낮춰놓은 조명 속에서, 그녀는 살며시 미소 짓고 있었다(고 나는 생각한다).

집사람과 바깥양반

A오빠는 언제나 자신을 소설가 무라카미 하루키에 비유한다. 두 사람은 모두 학창 시절에 연극을 공부했고, 극작가 안톤 체호프를 존경한다. 마라톤을 좋아한다는 점은 물론 달린후에 음악과 맥주를 즐기길 좋아한다는 점도 비슷하다. 하지만 A오빠가 늘 강조하는 두 사람 사이의 최대 공통점은 그들이 요즘 세상에 흔치 않은, 주부 생활을 체험한 남편이라는것이다. 참고로, 여기서 말하는 주부란 절대로 직업이 없는'백수'나 '한량'을 에둘러 표현하는 말이 아니다. 그들이 경험한 것은 배우자가 경제 활동을 해서 벌어오는 한정된 돈으로 살림을 꾸리고, 집안일을 하고, 가족들을 뒷바라지하는진짜 '가사노동의 책임자'로서의 주부 역할이었다.

실제로 하루키는 결혼 후 2년쯤 지났을 때 6개월 정도 주부로 지냈다고 알려져 있다. 에세이 「굿 하우스키핑」에 묘사된 그의 당시 생활은 정말로 우리 주변의 여느 주부들과 다르지 않다. 오전 7시에 일어나 아침상을 차리고, 일터로 나가는 아내를 배웅하고, 하루 종일 청소와 빨래, 설거지, 장보기를 하며 아내의 퇴근 시간에 맞춰 저녁 식사를 준비한다. 기껏 밥을 차려놨는데 아내가 말도 없이 식사를 하고 들어오면 짜증이 났다든지, 음식물 쓰레기를 남기지 않기 위해 몇 끼 연속으로 똑같은 반찬을 내놓았다든지 하는 경험담 또한 정말로 너무나 익숙한 현실 속 주부 이야기다.

그가 어째서 주부 생활을 하게 되었는지에 대한 배경은 자세히 밝혀지지 않았다. 책에도 '그냥 어쩌다 보니'라는 식의 두루뭉술한 설명이 나와 있을 뿐이다. 하지만 손 닿을 수 없는 세상에 사는 세계적 베스트셀러 작가와 달리, 한국의 평범한 직장인이자 친한 학교 선배인 A오빠의 선택에 대해서는 꽤 자세한 전후 사정을 들을 수 있었다.

그가 안정적인 금융계 회사를 그만두고 1년 동안 집안일에 전념하게 된 것은 어린 딸을 돌볼 사람이 필요했기 때문이다. 맞벌이 직장인으로 돌이 갓 지난 딸을 기르는 것은 쉬운 일이 아니었다. 도우미 아주머니를 고용하거나 양가 부모님의 지원을 받는 등 어떻게든 직장생활과 육아를 병행하려고 애썼지만, 여러 가지 사정상 도저히 남의 도움만으로 아이를 키울 수 없는 순간이 찾아왔다. 결국 A오빠는 가족들과의 진지한 상의 끝에 회사를 그만두고 아이가 어린이집에 들어갈 때까지(정확히 말하면 어린이집 대기자 명단에서 순번이 돌아올 때까지) 가사와 육아를 전담하기로 했다.

그는 그렇게 전업주부의 일상으로 뛰어들었다. 그리고 스스로를 '집사람', 아내를 '바깥양반'이라고 부르며 하루 종일 청소기와 젖병과 기저귀를 들고 씨름했다. 지인 모임에 유모차를 끌고 나타나거나 육아에는 퇴근도 없다며 단체 톡방에서 우는 소리를 하는 모습 또한 영락없는 주부 그 자체였다.

하루키의 주부 생활과 마찬가지로, A오빠의 집사람 라이프는 얼마 후 그럭저럭 해피엔딩으로 끝을 맺었다. 아이는 아빠의 품에서 건강하게 자라다가 무사히 어린이집에 입학했고, A오빠 또한 몇 개월의 재취업 시도 끝에 동종 업계의 다른 회사에 일자리를 잡은 것이다. 그는 집에서 아내를 뒷바라지하고 딸과 하루 종일 애착을 형성했던 그 몇 개월의 시간이 참 행복했다며, 주부로 지낸 반년을 '인생에서 가장 멋진 시절'로 묘사한 하루키의 마음을 비로소 진정으로 이해했노라고 말한다. 우리 아이는 엄마보다 아빠를 더 좋아한다는 허세 섞인 자랑과 함께.

하지만 그 모든 과정을 가까이서 지켜본 지인으로서, 나는 그가 늘 웃으며 말했던 주부 생활이 시작부터 끝까지 마냥 순탄하지만은 않았다는 사실을 잘 알고 있다. 일단 A오빠가 회사를 그만두게 된 것은 사실상 현실적인 경제 논리 때문이었다. 그와 부인은 같은 금융 업계에 종사하는 직장인이었다. 그러나 두 사람이 다니던 회사는 육아 휴직을 자유롭게 쓸 수 없는 분위기였고, 심지어 부인의 경우는 일단 경력이 단절되면 재취업을 기대하기가 거의 어려운 상황이었다. 가뜩이나 여성이 발붙이기 어려운 금융계의 현실 속에서 몇 개월, 혹은 몇 년씩 업무 공백이 생긴 30대 중반 여성이 경력을 살려 이직할 수 있을 확률은 제로에 가까웠다.

그렇게 이런저런 조건을 따져가며 재취업 가능성이 높은 A오빠가 일시적인 퇴사를 택했지만, 그 후에도 두 사람은 다시 맞벌이 부부로 돌아가는 순간까지 오만 가지 편견에 시달려야 했다. 아무리 내조와 육아에 최선을 다해도 A오빠는 끝까지 '경제력 없는 무책임한 남편'이라는 딱지를 떼지 못했고, 그의 부인 또한 '아이와 가족을 등한시하는 이기적인 엄마'라는 수군거림을 견뎌야 했다. 산업혁명이 일어나고 여성의 본격적인 경제 활동이 시작된 지 어느새 수백 년이 흘

렸건만, 결혼과 출산, 육아를 바라보는 사회의 시선은 여전히 집사람인 남편과 바깥양반인 부인을 이해할 정도로 성숙하지 못했다.

두 사람이 위기를 극복할 수 있었던 것은 순전히 각자의 현명한 판단력과 서로를 향한 배려 덕분이었다. A오빠는 사랑하는 가족을 위해 기꺼이 자기 자신을 희생하는, 이를테면 베스 같은 사람이었다. 당당하고 활기차게 사회생활을 하는 언니들과 동생을 부러워하면서도, 눈에 띄지 않는 곳에서 조용히 스튜를 끓이고 거실을 청소하며 가족들이 마음 편히 꿈을 펼칠 수 있도록 지탱해줄 수 있는 사람. 그의 멋진 부인은 네 자매 중에서 가장 강단 있는 인물인 막내 에이미처럼 어떤 악조건 속에서도 꿋꿋이 자신의 길을 개척할 수 있는 여성이었다.

"먹고살려면 남자들은 일을 해야 하고, 여자들은 시집을 가야 하다니, 정말 끔찍하게 불공평한 세상이야."

첫째 언니 메그가 신세 한탄을 할 때면, 에이미는 그 곁에서 밝은 목소리로 기운을 북돋워준다.

"걱정 마, 언니. 돈은 내가 벌어다 줄게."

　하지만 뭇 여성들의 선망을 받을 만큼 능력 있는 부인을 둔 A오빠가, 어쩔 수 없이 직장을 포기했던 힘든 시절마저 좋아하는 작가의 삶과 비교하며 밝게 추억할 수 있을 만큼 낙천적인 그가, 맞벌이 육아에 대해 현실적 조언을 구하는 지인들에게 마냥 희망적인 얘기만 들려주지 못한다는 것은 조금 서글픈 일이다. "휴직이든 퇴사든, 잠깐이라도 시간을 내서 아이와 가족을 온전히 돌본다는 것은 인간으로서 정말 행복하고 보람 있는 경험이야." 그는 말한다. "하지만 바깥양반도 너도, 생각보다 큰 상처를 받게 될지 몰라."

여자답지 못한 구석?

가까운 지인들이 나를 표현하는 단어는 대개 정해져 있다. '왈가닥', '덜렁이', '선머슴' 등등. 서로 만난 적도 없는 중학교 친구와 대학교 친구가 하나같이 비슷한 별명을 붙이는 걸 보면 내가 정말 왈가닥에 덜렁이에 선머슴이긴 한가 보다. 하긴, 중학생 때는 언제나 교복 치마 아래 체육복 바지를 입은 채 종일 망아지처럼 뛰어다녔고, 대학생 때는 늘 후드 티에 찢어진 청바지 차림으로 학교 잔디밭에 철퍼덕 앉아 책을 읽었으니, 친구들이 나를 그렇게 표현하는 것도 무리는 아니다. 하지만 이렇듯 털털함의 살아 있는 화신인 내게도, 소위 '여성스럽다'고 부를 만한 단면이 어느 정도는 존재했다.

군이 '어느 정도는 존재했다'며 과거 시제를 사용한 것은 내게 그런 성격이 더 이상 남아 있지 않기 때문이 아니라, 더 이상 그런 부분들을 여성스럽다고 생각하지 않기 때문이다. 하지만 여성스러움과 남성스러움이 오롯이 사회적 교육의 결과물이라는 사실을 아직 잘 몰랐던 스무 살 무렵, 나는 가방 안에 반짇고리를 넣고 다닌다거나 우산을 깔끔하게 접어서 정리해야 직성이 풀리는 내 성격이 지극히 여자다운 성향이라고 생각했다. 그래서였을까, 서로 알게 된 지 얼마 안 되어 내 여성스러운 모습이 좋다며 다가온 한 남학생의 고백을 받았을 때, 나는 특별한 위화감 없이 그의 마음을 받아들였다. 어쨌든 나도 오며 가며 호감을 갖게 된 사람이었고, 그가 설렘을 느꼈다는 내 행동들 또한 진짜 내 모습의 일부였으니까.

하지만 어린 시절의 미숙한 감정으로 시작했던 그 연애는 (너무나 당연하게도) 서로에게 상처만 남긴 채 소나기처럼 끝나버렸다. 먼발치에서 흐뭇하게 지켜보던 여학생이 늘 곁에 머무는 연인이 된 순간, 그는 마치 사기당한 듯한 기분을 느꼈다고 했다. 손바느질로 떨어진 단추를 달아주고 우산이며 코트를 매장에서 갓 들고 나온 마냥 깔끔하게 정리하던 내게, 친구들과 술 마시기를 좋아하거나 의견이 맞지 않는 부분에

또박또박 말대꾸를 하는 여성스럽지 못한 구석이 그토록 많으리라고는 상상도 못했던 것이다.

물론 소꿉친구와 연인으로 발전하는 예외적인 상황을 제외하면, 어떤 사람의 모든 면을 샅샅이 알고 난 후에 만남을 시작하는 경우는 거의 드물 것이다. 만나면서 서로를 알아가는 것이 연애의 묘미라는 말에도 동감한다. 하지만 그가 갖고 있던 얼마 없는 내 정보에 '여성스럽다'는 프레임을 씌우지 않았다면, 만나면서 알게 된 또 다른 내 모습에 그토록 큰 충격을 받지는 않았을지 모른다.

마치가의 네 자매 중에서 가장 여성스러운 사람은 누구일까? 깔끔하고 온화하며 패션에 관심이 많은 메그? 조용하고 다소곳하며 요리를 좋아하는 베스? (설마 이 질문에 '조'나 '에이미'라고 대답하는 사람은 없겠지…….) 하지만 얼핏 봤을 때 천생 여자처럼 느껴지는 두 사람도, 자세히 들여다보면 여자답지 못한 구석을 한 아름씩 지니고 있다.

일단 메그는 집안일에 젬병이다. 후반부로 가면서 조금씩 변화하는 모습을 보이긴 하지만, 기본적으로 멋 부리기를 좋아하는 메그에게 손에 흉터를 남길지도 모르는 요리나 살결을 거칠게 만드는 청소, 빨래는 기피 대상 1순위의 작업이다. 마냥 연약하게만 보이는 베스에게도 알고 보면 그 누구보다 대장부 같은 면이 존재한다. 피아노 선물을 받았을 때는 모두들 어려워하는 로렌스 할아버지의 뺨에 망설임 없이 먼저 입을 맞췄고, 병세가 손쓸 수 없이 악화되었을 때도 누구보다 의연한 모습을 보였다.

> "난 죽음이 두렵지 않아. 간직할 사랑이 있으니 쉽게 떠날 수 있어."

몸이 약하지만 않았다면, 어쩌면 베스야말로 가장 당차게 자신의 길을 개척해나갔을지도 모르는 인물이다.

집안일을 싫어하고 대담한 성격을 지닌 두 사람은 여성스럽지 못한 것일까? 아니면 고운 손과 조용한 성품을 지녔으니 여성스러운 것일까?

내 경험에 비추어 볼 때, 두 평가는 모두 온당하지 못하다. 메그는 패션에 관심이 많고 요리에 관심이 없는 한 명의 인간이다. 베스 또한 평소에는 온순하지만 가끔씩 대담한 기질이 튀어나오는 평범한 사람이다. 여성스럽지도 남성스럽지도 않으며, 다만 바느질과 옷 정리와 술자리와 토론을 모두 사랑할 뿐인 나와 마찬가지로.

"한 사람의 장점은 겸손한 대화와 태도에서 드러나기 마련

이란다. 굳이 대놓고 내세울 필요가 없지."

- 『작은 아씨들』 중에서

"These things are always seen and felt in a person's manner

and conversations, if modestly used, but it is not necessary to

display them."

엄마의 이름

『작은 아씨들』에는 두 명의 마거릿 마치가 등장한다. 한 명은 네 자매의 큰언니이자 모두에게 '메그'로 통하는 열여섯 소녀이고, 다른 한 명은 일명 '마치 부인'으로 불리는 네 자매의 어머니이다. 예쁘장한 얼굴에 커다란 눈, 숱 많은 갈색 머리칼을 지닌 메그는 마치 부부의 딸로, 태어날 때 어머니의 이름과 가족의 성을 물려받았다.

하지만 마치 부인이 어떤 성을 갖고 태어났는지 우리는 알지 못한다. 그녀는 마치라는 성을 가진 남자와 결혼하면서 마치 부인이 되었고, 원래 갖고 있던 성은 지우개로 지워진 것처럼 그녀의 인생에서 사라졌다. 물론 이것은 그녀에게만 일어난 일이 아니다. 썰매를 타고 들판을 쏘다니며 장밋빛 뺨이 발갛게 달아오르도록 신나게 뛰어 놀던 그녀의 십 대 딸들 또한 채 5년이 지나지 않아 모두 결혼식을 올렸고, 마치라는 원래 성을 버린 채 브룩 부인과 바에르 부인, 로렌스 부인이 되었다.

"서양 여자들은 결혼하면 남편을 따라 성을 바꿔야 한대!" 이런 애기를 처음 들었던 초등학생 시절, 나는 친구가 어디선가 물어 온 이상야릇한 정보를 믿지 않았다. 결혼하면 성을 바꾼다고? 그럼 내가 김씨랑 결혼하면 김메리가 되는 거야? 그렇게 귀찮고 쓸데없는 짓을 누가 하겠어? 무엇보다, 내 이름은 내 것인데 그걸 누구 맘대로 바꾼다는 거지?

하지만 친구의 말은 곧 사실로 밝혀졌다. 세상에, 부모님과 선생님에게 '선진국'이라고만 배웠던 미국과 유럽 땅에 그런 전근대적인 풍습이 존재하다니. 나는 그날을 기점으로 서양에 대한 환상을 일부 잃었고, 결혼을 하든 이혼을 하든 원래 성을 유지할 수 있는 우리나라의 '선진적인' 문화에 새삼 자부심을 느꼈다. 그로부터 몇 년 뒤, 가족 여행으로 방문한 강릉의 허균 허난설헌 생가에서 충격적인 진실을 마주하기 전까지.

『홍길동전』과 「규원가」를 남긴 천재 예술가 남매, 허균과 허난설헌이 자랐던 널찍한 기와집에는 그들의 가문인 양천

허씨 가계도가 자랑스레 붙어 있었다. 나는 그곳에서 두 남매의 아버지 이름이 '허엽'이라는 것을 알게 되었다. 허명, 허구라는 이름을 가진 두 명의 삼촌과 허한이라는 할아버지가 있었다는 사실도 배웠다. 하지만 어머니의 이름은 없었다. 그들의 어머니는 그냥 '김씨 부인'이었다. 예조참판 김광철의 딸로 강릉 김가 성을 물려받은 허엽의 부인, 김씨.

그 순간, 나는 우리가 역사 속에 존재했던 수많은 '부인'들의 이름을 모른다는 진실을 깨달았다. 숙종의 계비였던 인현왕후 민씨, 연산군의 어머니 폐비 윤씨, 『박씨부인전』의 주인공으로 이득춘의 아들에게 시집을 갔던 박씨까지. 아버지와 남편과 아들의 이름이 역사에 기록되는 동안 (심지어 삼촌과 시아버지의 이름마저 남겨지는 동안) 그녀들의 이름은 연기처럼 사라졌다. 미국의 마치 부인과 조선의 박씨 부인, 둘 사이에는 사실 대단한 차이가 존재하지 않았다. 한 명은 남편의 성을 따르고 한 명은 아버지의 성을 지켰을 뿐, 결혼과 동시에 그녀들은 원래의 자신을 잃은 채 '무슨무슨 부인'이 되어버렸다.

나는 자연스레 엄마를 떠올렸다. 김해 김씨 성을 가진 아버지에게서 태어나 이천 서씨 성을 가진 남자에게 시집온 우리 엄마. 물론 지금이 조선 시대도 아니고, 우리 집안이 대단한 족보를 모시는 가문도 아니기 때문에, 엄마에게 '김씨 부인' 따위의 호칭을 쓰는 사람은 존재하지 않는다. 하지만 아무리 기억을 더듬어봐도, 살면서 엄마의 이름을 직접 들을 일은 별로 없었다. 엄마는 늘 나와 동생의 엄마였고, 아빠의 부인이었고, 할머니 할아버지의 며느리였다. 외조부모님이 일찍 돌아가셨다는 사실을 감안하더라도, 누군가의 아내이자 두 아이의 어머니인 그녀의 이름을 불러줄 사람은 애초에 그렇게 많지 않았다.

엄마에게도 엄마 아닌 시절이 있었다는 사실을 너무 자주 망각하는 것은 아마도 그 때문이리라. 지금의 내 나이 때 이미 여섯 살, 세 살짜리 딸을 낳아 기르던 그녀지만, 그런 엄마에게도 분명히 어린 시절이 있었을 것이다. 아빠의 사업이 기울었을 때 억척스럽게 가정 경제를 지켜내고, 어차피 시집이나 갈 딸을 굳이 서울에서 공부시킬 필요 있느냐는 주변 어른들의 핀잔을 온몸으로 막아주던 강한 사람이지만, 엄마도 한때는 여리고 발랄한 소녀였을 것이다. 단단하고 강인한 성품을 지닌 네 자매의 어머니 마거릿 마치 부인이 한때 순수하고 천진난만한 마거릿 양이었던 것처럼, 우리 엄마에게도 '메리 엄마'가 아니라 '효정아'로 불리던 그런 시절이 있었을 것이다.

엄마에게 서글픔은 없었을까? 본래 이름 대신 누구의 엄마라는 호칭으로만 불리는 것이 속상하진 않았을까? 엄마가 결혼을 한 나이, 아이를 낳은 나이를 지나 학부모가 되었던 나이에 다가서고 있는 지금까지도 나는 그 대답을 찾지 못했다. 낯간지러운 얘기에 약하다는 핑계를 대며 여자 대 여자로 살가운 대화 한번 제대로 나눠보지 못했다. '이번 설날에는 용기를 내야지' 마음먹지만, 솔직히 말해서 100퍼센트 자신은 없다. 하지만 별로 넉넉히 담지 못한 용돈 봉투에 '엄마에게'라는 말 대신 'To. 김효정 여사님'이라는 문구를 적으며, 무뚝뚝한 큰딸은 오늘도 용기를 그러모으고 있다.

I am not Miss March, I'm only Jo

완전히 자유로운 존재

덴마크의 왕자 햄릿은 외쳤다. "약한 자여, 그대 이름은 여자니라!"

셰익스피어가 『햄릿』을 썼던 1600년대 초반의 세상은 어땠는지 몰라도, 그로부터 4세기 이상의 시간이 흐른 요즘 여성들은 더 이상 그렇게 나약하지 않다. 정작 아버지의 살해 주범인 삼촌에게는 말 한마디 못한 채 '엄마 탓'이나 하고 있는 햄릿의 모습을 본다면, 현대판 오필리어와 거트루드 왕비는 분명 이렇게 얘기할 것이다. "너나 잘하세요."

햄릿이 살던 17세기 유럽 궁정의 숨 막히는 분위기까지는 아닐지라도, 19세기 후반 미국 사회를 배경으로 하는 『작은 아씨들』에는 여성이 오직 여성이기 때문에 지녀야 했던 한

계가 곳곳에 등장한다. 메그는 평생 동안 주부 외에 다른 꿈을 가져본 적이 없다. 주부 외에 다른 무언가가 될 수 있다는 말을 들어본 적이 없기 때문이다. 겉보기엔 온갖 금기에 도전하며 당당히 사는 것만 같았던 조 또한 실제로는 여성이라는 이유 하나만으로 많은 희망을 포기하고 더 많은 부조리를 감내해야 했다. 레이스가 치렁치렁 달린 공주님 드레스를 거부했다 뿐이지 그녀에게 허락된 옷은 결국 땅바닥에 끌리는 긴 스커트뿐이었고, 뉴욕의 하숙집에서 지낼 때는 어째서 '여교사'와 같은 식탁에서 밥을 먹어야 하냐는 청년들의 성토를 들으며 분노와 설움을 삼켜야 했다.

하지만 그중에서도 그녀들에게 주어진 가장 큰 제약은 경제적 속박이었다. 메그와 베스와 에이미는 결혼을 통해 남편의 경제력에 의존하지 않으면 생계를 유지하기 어렵다는 사실을 어릴 때부터 잘 알고 있었다. 심지어 문학적 재능을 타고난 조마저도 꿈을 이루는 과정에서 유리천장 수준이 아니라 철근 콘크리트 천장으로 가로막힌 현실과 마주해야 했다. 그녀가 살던 당시는 여성이 제대로 된 교육을 받을 수도, 마음껏 책을 읽을 수도 없는 시대였다. 옆집의 로리가 대학에 가는 모습을 그토록 부러워하면서도 자신이 대학에 갈 수 있다는 생각은 꿈에도 하지 못했던 조에게, 열다섯 때부터 갖고 싶었던 셰익스피어의 책을 열여덟 살이 되어서야 겨우 한 권 손에 넣은 조에게, 작가로 자립하는 과정은 굳이 설명할 필요도 없는 고행의 연속이었다.

그로부터 약 150년이 흐른 지금, 오늘날의 여성들은 과거에 존재했던 모든 한계와 속박을 떨쳐내고 완전히 자유로운 존재가 되었을까? 이 질문의 대답을 놓고 치열한 갑론을박이 벌어지고 있다는 사실은 잘 알지만, 지금 시점을 기준으로 내 머릿속에 떠오른 대답은 '글쎄요, 아직은……'이다. 대놓고 시야를 가로막던 둔탁한 콘크리트가 실눈을 뜨고 봐야 보이는 투명한 유리로 바뀌긴 했지만, 이 사회에는 아직도 여성의 성장을 가로막는 명백한 '천장'이 존재한다.

하지만 도저히 반박할 수 없는 또 다른 팩트도 존재한다. 시대의 흐름이 서서히, 그러나 분명히 바뀌고 있는 것이다. 그 격렬한 물살의 한가운데를 지나고 있는 지금, 한때 우리에게 주어졌던 결혼에 대한 단출한 선택지는 아메바가 분열하듯 쪼개지고 갈라지면서 착실히 늘어나고 있다.

주변을 살펴보면, 여성들의 결혼관이 불과 10~20년 전에 비해 놀라울 정도로 다양해졌다는 생각이 든다. 결혼을 향한 내 지인들의 시선은 정말이지 무지갯빛 다채로움을 자랑한다. 어떤 친구들은 몇 년 전에 결혼을 했고, 그들 중 몇 명은 이미 아이 엄마가 되었다. 결혼을 하지 않은 지인 중 일부는 열심히 배우자 후보를 물색하고 있으며, 일부는 영영 누구와도 결혼할 생각이 없다. 남들보다 조금은 이르게 이혼이나 파혼을 경험한 친구들도 있다. 결혼을 하더라도 아이는 낳지 않겠다는 친구가 있는가 하면, 결혼은 원하지 않지만 아이는 낳아 기르고 싶다는 당찬 친구들도 있다. 그리고 당연한 얘기지만, 우리 모두의 결정은 칭찬받을 필요도 비난받을 이유도 없는 개인적 신념의 영역이다.

거트루드 왕비는 덴마크 국왕인 남편이 서거하자마자 그의 친동생과 결혼하기를 택했다. 오필리어는 아버지를 잃고 사랑하는 남자에게 버림받자 충격을 이기지 못하고 그만 정신을 놓아버린다.

자신을 지켜주는 남성의 존재가 인생의 전부요, 삶의 이유였던 두 여인만큼 극단적인 상황은 아니지만, 메그와 조, 베스, 에이미 또한 여성이라는 성별과 함께 남편에게 의존하고 순종해야 하는 삶을 숙명처럼 지니고 태어났다.

감사하게도, 현재를 살아가는 우리들은 그보다 조금 더 다양한 선택권을 갖고 있다. 하지만 세상에 노력 없이 이뤄지는 성과가 없듯, 이러한 발전은 일일이 셀 수 없을 만큼 많은 사람들이 희생된 길고 힘든 싸움의 결과물로 얻어진 것이다.

그 사실을 잘 알고 있는 한 사람으로서, 나는 사랑과 결혼을 향한 모든 여성의 모든 선택을 진심으로 지지한다. 내 친구들 또한 내가 내릴 결정과 그 후로 이어질 삶의 형태를 있는 그대로 지지하리라 믿는다. 이러한 믿음이야말로 나를 지켜주고, 받쳐주고, 가끔 흔들리고 무너지면서도 한 걸음씩 앞으로 나아가게 해주는 원동력이다.

"한 가지만 기억해주렴. 엄마 아빠는 언제나 너희의 좋은 친구로 남아 있을 거야. 결혼을 하든 안 하든, 너희가 언제까지나 우리의 기쁨이자 자랑이 될 거라고 믿고 또 바란단다."

— 『작은 아씨들』 중에서

"One thing remember, my girls. Mother is always ready to be your confidant, Father to be your friend, and both of us hope and trust that our daughters, whether married or single, will be the pride and comfort of our lives."

4

작은 행복이
될 수 있다면

이리 와서 다 함께 커피를 들어요

나쁜 소식은 어째서 한꺼번에 찾아올까. 세상에는 '금상첨화'라는 말도 있고 '설상가상'이라는 말도 있지만, 사실 좋은 일이 잇따라 일어나는 경우보다는 나쁜 일이 겹쳐서 찾아오는 경우가 훨씬 많은 것 같다. 당장 내 평범한 화장대만 봐도, 새 화장품이 한꺼번에 생기는 일은 거의 일어나지 않지만 이상하게도 떨어질 때는 다 함께 똑 떨어져서 그달 생활비에 심각한 지장을 초래하곤 한다. 하필 아파서 앓아누워 있을 때 입사 불합격 통보를 받았다거나, 회사 사정으로 연봉이 동결됐는데 갖고 있던 주식까지 떨어졌다는 하소연 또한 주변에서 심심치 않게 들을 수 있다.

작은 아씨들에게는 1860년대 초반의 어느 겨울이 그랬다. 메그와 조는 어려운 가정 형편 때문에 꿈 많은 10대를 일터에서 보내고, 에이미는 학교에서 부당한 체벌을 받고 자퇴를 결정했으며, 베스는 성홍열에 걸린 이웃집 아이를 돌보다가 병이 옮아서 죽을 고비를 넘겼다.

전쟁에 나간 아버지가 심각한 부상을 입었다는 전보가 날아온 것은 가족들이 이 슬픔의 소용돌이 한가운데를 지나고 있을 때였다.

연이은 악재 속에서도 드문드문 생겨나는 좋은 일들을 버팀목 삼아 견디던 그녀들이었지만, 불행에 방점이라도 찍듯 어머니 앞으로 날아온 전보와 그 안에 담긴 무심한 문구("남편 위독. 속히 내방 바람")는 힘겹게 쌓아왔던 희망을 와르르 무너뜨린다. 아버지에 이어 어머니까지 전쟁터로 떠나보내게 된 네 딸들은 암흑 속에 굴러 떨어진 듯 깊은 혼란과 공포에 사로잡히고 말았다.

해나가 없었다면 그녀들은 일상을 헤쳐 나갈 의지를 완전히 잃어버렸을지도 모른다. 해나는 마치가에서 함께 지내는 고용인으로, 당시 흔히 쓰이던 말로 '하인(servant)'이라고 불리고 있지만 실제로는 급료를 받고 집안일을 도와주는 입주형 가사도우미에 가까웠다. 집안이 몰락하고 다른 고용인들이 모두 떠난 후에도 남기를 택한 그녀는 네 자매를 자기 손으로 먹이고 입히며 키웠고, 부모님을 제외하면 세상 누구보다 그녀들과 가깝고 서로를 잘 이해하는 사이였다.

마치 부인이 마차를 타고 군 병원으로 떠나던 날에도, 해나는 바로 그 자리에서 소녀들의 곁을 지켰다. 그녀는 착한 딸들이 어머니를 걱정시키지 않기 위해 마지막 이별의 순간까지도 의연하게 행동하려 노력하는 모습을 묵묵히 지켜본다. 마차가 시야에서 사라지자마자 누가 먼저랄 것도 없이 주저앉아 눈물을 터뜨리는 모습도.

천성이 푸근한 데다 자매들을 돌보는 데 도가 튼 해나는 큰 고민 없이도 그녀들을 진정시키는 데 가장 효과적인 방법을 사용한다. 우선 슬픔에 사로잡힌 그녀들이 마음껏 울도록 내버려둔 뒤, 눈물의 소나기가 그칠 기미를 보일 때쯤 향긋한 커피 주전자를 내온 것이다.

"자, 착한 아가씨들, 어머니 말씀을 기억하고 불안을 떨쳐내세요. 이리 와서 다 함께 커피를 들고, 가족을 생각하며 힘내서 할 일을 하자고요!"

커피는 정말 완벽한 선택이었다. 주전자에서 솔솔 풍기는 따끈하고 향기로운 내음은 두려움에 꽁꽁 언 자매들의 마음을 조금씩 녹여주었다. 그녀들은 어느새 테이블 주위로 모여들고, 눈물 젖은 손수건을 내려놓은 채 조용히 커피 타임을 가졌다. 찻잔이 바닥을 드러낼 때쯤, 그녀들의 마음속에는 일상으로 돌아갈 기운이 조금이나마 솟아난 상태였다.

따스하고 향기로운 음식에는 분명히 마음을 어루만지는 힘이 있다. 눈물 콧물 쏙 뺀 뒤에 마시는 따뜻한 차 한잔이나 감기로 앓아누워 있을 때 먹는 따끈한 죽 한 그릇은 텅 빈 배 속과 헛헛한 마음을 동시에 채워준다. 어쩌면 음식이 가진 온기는 위장보다 심장에 먼저 가 닿는지도 모른다. 영혼을 살찌워주는 좋은 책이나 명화를 '마음의 양식'이라 부르듯, 우리는 지친 하루를 위로해주는 음식을 '소울 푸드'라고 부른다.

소울 푸드라는 말을 들었을 때 내 머릿속에 가장 먼저 떠오르는 음식은 엄마의 김치찌개다. 같은 찌개라도 집마다 끓이는 방식이 다르겠지만, 우리 집에서는 예전부터 진하고 바특하게 끓여낸 돼지고기 김치찌개가 정석이었다. 고기와 두부를 듬뿍 넣어 식탁에 올라오는 것만으로도 푸근하고 푸짐한 느낌을 주는 찌개. 그 한 그릇만 있으면 다른 반찬은 전혀 필요 없었다. 쫄깃한 고기와 고소한 두부, 매콤한 김치를 김이 모락모락 나는 쌀밥에 슥슥 비벼서 뚝딱 해치우는 그 순간만큼은, 세상 어떤 설움과 불안도 나를 짓누르지 못했다.

　살다 보면 소울 푸드가 꼭 필요한 날이 있다. 위장뿐만이 아니라 심장까지 채워주는, 엄마의 손맛이 들어간 김치찌개 같은 그런 음식이. 엄마가 있는 고향과 내가 사는 서울 사이에는 약 300킬로미터의 거리가 존재하지만, 다행히 요즘은 배송 기술이 발달해서 고향 집 부엌에서 끓인 김치찌개를 반나절 만에 서울 집 식탁에서 맛볼 수 있게 되었다. 엄마가 정성스레 끓이고 식혀서 보냉팩과 함께 보내준 선물이 도착하면, 나는 바로 먹을 양만 빼놓고 그 한 솥 분량의 찌개를 조금씩 소분해서 냉동실에 얼려둔다. 그리고 인생이 특별히 잔인하고 불공평하게 느껴지는 순간이 찾아올 때마다 쌀밥을 안치고 찌개를 데우며 그 냄새와 온기를 통해 다시 하루를 살아갈 힘을 얻는다.

　어머니와 아버지를 전쟁터라는 무시무시한 곳으로 떠나보낸 뒤, 네 소녀는 두려움을 꾹 참고 각자의 자리에서 착실히 맡은 역할을 해냈다. 메그와 조는 킹 씨와 마치 숙모할머니 댁에서 일을 하며 생활비를 벌었고, 베스와 에이미는 언니들이 일터로 떠난 사이 집안일을 책임졌다.

　어둠의 골짜기가 끝나고 부모님과 재회했을 때 가족의 행복이 즉시 제자리를 찾을 수 있었던 것은, 가장 힘든 시기에도 최선을 다해 일상의 수레바퀴를 멈추지 않았던 딸들의 노력 덕분이었다.

그리고 그 뒤에는 해나가 있었다. 그녀의 강인함과, 그녀의 현명함과, 그녀의 커피가 발휘한 마법 같은 힘이. 소박한 듯 향기롭게 매일의 원동력이 되어준다는 점에서, 해나와 커피는 닮은 점이 있다.

COFFEE TIME

제인, 앤, 작은 아씨들

『제인 에어』, 『빨강머리 앤』, 그리고 『작은 아씨들』. 1900년 을 전후로 발표된 이 세 편의 여성문학에는 평행이론이라는 표현이 어울릴 만큼 다양한 공통점이 존재한다. 저명한 여류 작가의 작품이고, 매력과 개성이 넘치는 여성 주인공이 등장 하며, 그 주인공들이 어린 소녀에서 어엿한 성인으로 자라나 는 과정이 세세하게 담겨 있다는 점도 같다. 어려운 환경을 극복하고 해피엔딩을 맞이하는 성장 스토리라는 면도 닮았 으며, 전 세계의 소녀들에게 큰 사랑을 받으며 훌륭한 롤 모 델을 제공했다는 유사성도 있다(개인적으로 어린 시절 내가 가장 좋아했던 세 편의 소설이기도 하다).

하지만 앞의 두 작품과 『작은 아씨들』 사이에는 결정적인 차이가 있다. 제인 에어와 앤 셜리가 비현실적인 완벽함을 지니고 있는 데 반해, 마치가의 네 자매인 메그와 조, 베스, 에이미는 장점만큼이나 단점도 많은(솔직히 말하면 장점보다 단점이 더 많은 것 같기도 한) 친근한 소녀들인 것이다.

제인 에어는 거의 이 세상의 것이 아니라고 느껴질 정도로 초인적인 자제력과 명석한 두뇌를 타고났다. 솔직히 '타고났다'고 할 수밖에 없는 것이, 어려서 부모님을 잃고 비정한 친척들의 멸시와 학대 속에 자라난 제인의 성장 과정을 생각하면 그녀가 스스로 책을 찾아 읽고 기도와 명상으로 마음을 다스리며 현명하고 침착한 숙녀로 자라났다는 것이 놀랍게만 느껴지기 때문이다. 전형적인 미인은 아니라도, 로체스터 씨가 그녀를 처음 봤을 때 '요정인 줄 알았다'고 평했을 정도로 신비로운 분위기마저 지니고 있다.

차분하고 침착한 제인과는 전혀 다르지만, 앤 셜리 또한 현실에서 거의 찾아보기 힘든 완벽한 캐릭터이다. 앤의 어린 시절에 초점을 맞춘 동명의 애니메이션이 큰 인기를 끌면서 말괄량이 이미지가 강조되긴 했으나, 사실 그녀는 학교에서 늘 전교 1, 2등을 다투는 우등생이자 요즘으로 따지면 교육대학에 해당하는 퀸즈아카데미에 수석으로 합격하며 신문에 이름이 실릴 정도의 수재였다. 게다가 마음씨도 곱고, 상상력도 풍부하고, 심지어 남녀노소 가리지 않고 인기까지 많다. 이 정도면 그녀가 '엄친딸'이라는 주장에 반대할 사람은 거의 없을 것이다.

이렇게 결점을 찾아보기 힘든 두 여인과 비교하면 우리의 작은 아씨들은 정말이지 빈틈에 허점투성이다. 메그는 허영심이 많고, 조는 다혈질인 성격을 가누지 못하며, 베스는 지나치게 소극적이고, 에이미는 계산적인 면이 있다(그리고 철자법도 엉망이다). 실수의 규모와 파급력도 여타 소설의 여성 주인공들과는 급이 다르다. 메그는 분수에 맞지 않는 드레스와 장신구를 사들이다가 가정 경제를 파탄 낼 뻔했고, 조는 막냇동생을 물에 빠뜨려 죽일 뻔했다. 베스는 기르던 카나리아를 방치하는 바람에 실제로 죽게 만들었고, 에이미는 홧김에 언니가 평생 써 모은 원고를 불에 태워버렸다.

심지어 이러한 단점은 완전히 고쳐지지도 않는다. 잔인한 외숙모에게 품었던 복수심을 기도의 힘으로 극복한 제인 에어나 개구쟁이 소녀에서 모두가 선망하는 여인으로 자라난 앤 셜리와 달리, 마치 부인의 네 딸들은 어른이 된 후에도 툭하면 크고 작은 실수를 저질러서 곤경에 처하거나 후회의 늪에 빠져 허우적대곤 한다.

하지만 그녀들의 빈틈 있는 삶은 어쩐지 아름답다. 실수를 저지르고 당황하는 모습은 인간적이고, 타고난 결점을 고치려고 노력하는 모습은 사랑스럽고, 완벽하진 못해도 조금씩 더 나은 사람으로 성장해 나가는 모습은 대견하기 그지없다. 무엇보다도, 서로를 다독이고 지탱하며 불완전함 속에서도 행복을 찾아가는 그녀들의 모습에서는 밝고 따사로운 빛이 스며 나온다.

아버지가 전장에서 부상당했다는 전보가 날아온 날, 조는 가족들과 한마디 상의도 없이 길고 탐스러운 머리카락을 잘라서 내다 판다. 간호를 위해 떠나는 어머니에게 여비를 마련해드리기 위해서였다. 가족들은 사내아이처럼 변한 조의 모습을 보고 충격에 빠지지만, 그녀는 오히려 장난스러운 미소를 지으며 태연히 그들을 달랜다. 어차피 머리칼이란 시간이 지나면 다시 자라기 마련이고, 다른 사람도 아니고 아버지를 위해서 한 일이니 괜찮다고.

하지만 바로 그날 밤, 그녀는 베개에 얼굴을 묻은 채 온 집안이 떠나가도록 울음을 터뜨린다. 밤색으로 풍성하게 물결치던 자신의 머리카락을, 에이미가 "조 언니에게 아름다운 데라곤 오직 *그거 하나뿐*"이라고 말하곤 했던 그 머리카락을, 그녀는 사실 무척이나 좋아했던 것이다.

후회할 일도 생각하지 않은 채 덥석 머리를 잘라버린 일과 끝까지 '쿨'한 모습을 보이지 못한 채 침대 맡에서 대성통 곡을 한 일. 훗날 어른이 된 조가 이 시기를 다시 돌아본다 면, 어느 쪽이 더 부끄러운 실수로 느껴질까?

제인과 앤이 비현실적인 로망의 영역에 속해 있다면, 실수 투성이 네 자매는 현실적인 공감의 영역에 속해 있다. 그래서 내 인생의 롤 모델은 제인 에어나 앤 셜리가 아니라 작은 아 씨들, 그중에서도 미워할 수 없는 다혈질 소녀인 조 마치다.

흰색과 분홍색의 아이스크림

몇 년 전 일본을 여행하다가 우연히 들른 제과점에서 신기한 빵을 발견했다. 이름 하여 '하이디의 흰 빵(ハイジの白パン)'. 특별한 설명이 쓰여 있진 않았지만, 작은 팻말에 적힌 이름과 희고 동그란 모양은 그 자체로 이 빵에 담긴 스토리를 온몸으로 외치고 있었다. 그것은 『알프스 소녀 하이디』에서 주인공 하이디를 그토록 감동시켰던, 평소에 먹던 검은 빵과 비교할 수 없을 정도로 부드럽고 맛 좋았다는 바로 그 '흰 빵'이었다!

이름 옆에 당당히 붙은 '히트상품' 스티커를 보니, 이 엄청난 아이디어와 작명 센스에 감동받은 사람이 나뿐만은 아닌 모양이었다. 나는 두말할 것도 없이 하이디의 흰 빵 한 개와 흰 우유 한 병을 사서 가게 안에 마련된 테이블에 자리를 잡고 앉았다. 평소에는 빵을 먹을 때 주로 씁쓸한 아메리카노를 곁들이는 편이지만, 지금 이 순간만큼은 우유 외에 다른 음료를 떠올릴 수 없었다.

터질 듯 부푼 마음으로 베어 문 빵에서는 역시 기대를 저버리지 않는 맛이 났다. 조금 더 구체적으로 설명하자면…… 우리 집 앞 프랜차이즈 빵집에서 파는 우유 식빵과 99퍼센트 흡사한 풍미였달까? 사실 흰 빵은 말 그대로 흰 밀가루로 만든 빵이므로 다른 재료를 곁들이지 않는 한 담백한 반죽 맛이 그대로 나는 것은 당연했다. 빵이라곤 퍽퍽하고 까끌한 검은 빵밖에 몰랐던 하이디에게는 고운 밀가루로 빚은 흰 빵이 맛의 신세계였을지 몰라도, 소보로빵에서 달콤한 뚜껑만 떼 먹다가 엄마에게 등짝을 맞으며 자란 내게는 별로 대단한 음식이 아니었다.

그럼에도 불구하고, 그 밋밋한 빵 덩어리에서는 말로 표현하기 힘든 달콤한 맛과 향이 배어 나왔다. '하이디의 흰 빵'에는 스위스의 가난한 산골 소녀가 난생 처음 희고 보드라운 빵을 먹고 느낀 감동, 그리고 이 맛있는 음식을 할머니에게 갖다드리고 싶어서 안절부절못했던 그녀의 순수한 애정이 고스란히 담겨 있었다. 상술이든 뭐든, 나는 이런 빵을 만들어 파는 제과점 주인에게 진심으로 고마운 마음이 들었다.

　소설이나 만화, 영화에 등장하는 화려한 성찬은 당장의 눈요기가 되지만, 오랜 시간 가슴속에 남아 추억과 로망을 자극하는 것은 이상하게도 지극히 평범한(가끔은 초라하기까지 한) 음식들이다. 나는 지금도 『마법사의 모자와 무민』에서 무민 가족이 피크닉에 챙겨 갔던 나무딸기 주스를 상상하며 입맛을 다시고, 『소공녀』의 세라 크루가 길에서 주운 동전으로 사 먹은 건포도 롤빵의 따끈함을 생각하며 침을 삼킨다. 그리고 유기농 우유와 생과일을 듬뿍 넣었다는 '프리미엄' 아이스크림을 먹다가도, 문득 『작은 아씨들』의 크리스마스 식탁에 올랐던 흰색과 분홍색의 아이스크림을 떠올리며 아련한 동경을 느낀다.

　전쟁터에 나간 아버지의 빈자리와 함께 맞이한 크리스마스는 네 자매에게 그다지 유쾌한 날이 아니었다. 다른 친구들이 선물로 가득한 양말을 들고 기뻐하고 있을 때, 메그와 조, 베스, 에이미는 뜨개질로 군용 양말을 만들며 아버지 걱정과 신세 한탄에 빠져 있었다.

　선물 따위는 애초에 바라지도 않았던 그녀들이 유일하게 기대한 즐거움은 평소보다 좀 더 푸짐하게 차려질 아침상 정도였다. 그러나 신은 이 가련한 소녀들이 행복을 호락호락

즐기도록 내버려두지 않는다. 네 자매가 갓 구운 케이크를 막 맛보려는 찰나, 그들보다 훨씬 가난한 이웃이 먹을 것 하나 없이 비참한 크리스마스를 보내고 있다는 소식이 들려온 것이다.

찰나의 내적 갈등을 뒤로한 채, 그녀들은 오랫동안 기다려 온 아침 식사를 자신보다 더 어려운 사람들에게 양보하기로 결심한다. 젖먹이를 포함한 일곱 아이를 데리고 굶주림에 떨고 있던 이웃집 여성은 오트밀과 메밀빵, 크림과 머핀을 들고 나타난 네 명의 천사를 보고 감격의 눈물을 흘린다.

여윈 아이들에게 음식을 먹이고 깨진 유리창을 수리하며 봉사를 제대로 실천한 네 자매는 뿌듯한 마음과 허기진 배를 안고 집으로 돌아온다. 그리고 그녀들의 아름다운 선택은 생각지도 못한 보상으로 이어진다. 넉넉하지도 않은 가족이 자신들보다 더 어려운 이웃을 도왔다는 미담에 감동한 마을 부호 로렌스 씨가 성대한 크리스마스 만찬을 베푼 것이다.

남은 빵 몇 조각으로 허기를 때우던 자매들은 로렌스 저택의 하인들이 가져온 접시를 보고 놀라서 숨도 제대로 쉬지 못한다. 텅 빈 식탁은 순식간에 우아한 꽃다발과 사르르 녹는 케이크, 신선한 과일, 달콤한 사탕 과자 등으로 가득 채워지고, 심지어 아이스크림은 흰색과 분홍색으로 두 접시나

차려졌다!

먹음직스러운 음식의 향연 중에서도 그 수상한(?) 두 가지 색 아이스크림은 유달리 내 관심을 사로잡았다. 컵도 콘도 아니고 접시에 담겨 나온, 무슨 맛인지도 알 수 없는 흰색과 분홍색의 아이스크림. 사실 아이스크림에 기계로 공기를 주입해서 식감을 부드럽게 하고, 온갖 토핑과 부재료를 넣어서 다채로운 맛을 살리는 요즘 기준에서 보면 그다지 먹음직스러운 음식이 아닐지도 모른다.

그런데도 나는 밍밍하고 서걱거릴 게 뻔한, 맛이 아니라 색깔로 구분된 그 아이스크림을 죽도록 먹고 싶었다. 대가를 바라지 않고 온정을 베푼 네 자매의 따스한 마음과, 그녀들의 진심을 알아봐준 노신사의 자상한 배려가 버무려져 있을 그 아이스크림을. 냉장고가 없어서 좀 녹았더라도, 상큼한 과일의 풍미보다는 텁텁한 색소 향이 진하더라도, 그 아이스크림에서는 분명 행복의 맛이 날 것만 같았다.

Christmas
dinner
FROM
Mr. LAURENCE

마음 충전소

졸업을 앞둔 대학교 4학년 여름 방학, 나는 모 대기업 계열
사인 백화점에 인턴 사원으로 입사했다. 특별히 그 회사여야
했던 이유 같은 건 없었다. 당시의 나는 다른 취업 준비생들
과 마찬가지로 채용 공고가 뜨는 족족 원서를 넣었고, 합격
한 기업 중에서 급여나 복지 조건이 가장 좋은 곳에 취직하
면 된다는 평범한 생각을 갖고 있었다. 그런 의미에서 백화
점은 나쁘지 않은 선택이었다. 연봉도 괜찮았고, 누구나 알
만한 대기업 이름이 붙어 있었고, 인턴 기간을 마치면 정규
직 전환 기회도 주어졌으니까.

하지만 안타깝게도, 그 회사는 나와 전혀 맞지 않았다. 이
명명백백한 사실은 출근을 시작한 지 채 며칠 되지 않아 분

명히 드러났다. 조용한 공간에서 책 읽고 글쓰기를 좋아하는, 군이 따지자면 '집순이' 스타일인 내게 사람과 소음으로 넘쳐나는 백화점은 이상적인 근무환경과 정반대 지점에 있었다. 온종일 북적이는 매장을 누비며 직원과 고객을 상대하다 보면 말 그대로 혼이 빨려 나가는 느낌이었다. 영업과 매출 압박도 스트레스였고, 숫자가 빼곡히 들어찬 엑셀 표와 씨름하는 것도 고역이었다. 매대며 창고며 사무실에 그득그득 쌓인 물건들은 볼 때마다 숨이 턱턱 막혀왔다.

나만의 은신처인 비상계단이 없었다면, 나는 정말로 그 고단한 인턴 생활을 끝까지 버텨낼 수 없었을지 모른다.

백화점의 비상계단은 정말 신비로운 공간이다. 분명히 존재하는데 아무도 알지 못하는 그런 공간. 에스컬레이터가 끝없이 사람을 실어 나르고, 엘리베이터가 툭하면 '정원 초과' 경고음을 쏟아내는 와중에도 비상계단은 신기하리만치 그 누구의 관심도 받지 못한다. 각 층의 한구석에 조용히 자리 잡은, 대부분의 사람들이 어디 있는지도 모르는 육중한 문을 밀고 나가면, 등 뒤의 시끌벅적한 세상과 이어져 있다고는 상상도 할 수 없을 만큼 고요한 장소가 나타난다. 그리고 두터운 철문이 스르르 닫힘과 동시에 마지막 한 점의 소음마저 어디론가 빨려 들어간 듯 사라진다.

그곳에 존재하는 것은 햇살과 침묵뿐이다. 수백, 수천 명이 동시에 가격을 묻고, 할인 정보를 안내하고, 물건을 고르고, 탄성을 내뱉고, 때로는 분노에 찬 고함을 지르면서 만들어내는 압도적인 풍경과 소음은 철문 하나를 사이에 두고 마치 햇살에 증발하기라도 한 듯 소멸한다. 그렇게 생겨난 빈 공간에는 조금씩 평온한 정적이 차오른다.

사람과 물건 사이에서 떠밀리다가 어지럼증이 밀려올 때면, 나는 어김없이 그 비상계단을 찾았다. 그리고 창문 너머로 펼쳐진 풍경을 바라보며 5분쯤 홀로 서서 마음을 충전했다. 고요와 고독을 통해 영혼을 치유해준다는 의미에서, 그곳은 마치 조의 다락방 같은 공간이었다.

분명히 집 안에 있어야 할 조가 보이지 않는다면, 그녀는 십중팔구 다락방에서 책을 읽고 있는 것이다. 이 아담하고 안락한 장소는 가족들 모두가 인정한 조만의 은신처였다. 그녀는 짬이 날 때마다 다락방으로 달려가서 돈벌이와 집안일과 의무적인 사교 활동으로 지친 마음을 달랬다. 햇살이 환히 비치는 창가 옆에 자리를 잡고, 두툼한 담요를 뒤집어쓴 채, 가장 좋아하는 책을 읽으면서.

이것은 온전히 그녀만의 시간이다. 사랑하는 자매들도, 단짝 친구 로리도 이 순간을 방해할 수는 없다. 다락방에서 그녀와 함께할 자격을 지닌 동반자는 오직 붉은 사과 대여섯 알과 애완용 쥐 스크래블 뿐이다.

어릴 적 내게 다락방에서 책을 읽는 조의 모습은 그저 멋지고 '쿨'한 이미지였다. 하지만 지금의 나는 안다. 조는 그곳에서 자신만의 치유 의식을 치르고 있었던 것이다. 다락방에 올라간 그녀는 한없이 고요한 가운데 쏟아지는 햇살을 듬뿍 쬐고, 반질반질한 사과를 껍질째 베어 먹고, 『레드클리프의 상속인The Heir of Redclyffe』을 읽으며 마음껏 눈물을 흘린다. 이 소중한 의식을 마친 뒤 계단 하나로 이어진 일상의 세계로 다시 돌아왔을 때, 그녀는 거추장스러운 드레스를 차려입고 (기쁨에 들뜬 메그와 함께) 가디너 부인의 파티에 참석할 에너지를 완전히 충전한 상태가 된다.

예전에 본 TV 프로그램에서 말하길, 직장인이 가장 많이 하는 거짓말 1위는 바로 "좋은 아침입니다!"라고 한다. 나는 직장 생활의 핵심을 파고드는 그 영민한 통계에 크게 공감했다. 세상에는 일이 주는 보람이란 것도 있겠지만, 생계를 위해 일터로 출근하는 그 걸음이 마냥 가볍고 즐거울 수만은 없다. 그럼에도 우리는 함께 일하는 사람들에게 활짝 웃는 얼굴로 좋은 아침이라고 말한다. 그것은 단순한 가식이 아니라, 이 갑갑한 환경 안에서 모두 함께 조금이라도 더 행복한 시간을 만들어보자는 의지가 담긴 응원이자 스스로를 향한 책임감의 주문 아닐까.

하지만 이렇게 응원과 주문이 필요한 일을 하며 일상을 유지하는 동안, 우리의 보드라운 마음은 어쩔 수 없이 마모되어간다. 조는 다락방의 햇살과 붉은 사과와 한 권의 책을 통해, 나는 비상계단의 고요함이 주는 따스한 평온을 통해 마음의 균열을 조금씩 메워나갔다. 매일 아침 책임감 있는 거짓말을 외치는 다른 사람들은 생채기 난 마음을 쓰다듬기 위해 어떤 의식을 치르고 있을까? 모든 이들이 저마다의 비결을 갖고 있겠지만, 그 소중한 시간에는 결국 '작지만 확실한 행복'이라는 하나의 이름이 붙을 것이다.

출퇴근길에는 전투 식량이 필요해

칼바람이 몰아치는 겨울날에도 메그와 조의 밥벌이 의무는 사라지지 않는다. 마치가의 첫째 딸과 둘째 딸은 새벽같이 일어나 아침을 챙겨 먹고 가족들과 잠깐 대화를 나눈 뒤 털토시를 챙겨들고 현관을 나선다. 모퉁이를 돌기 전에는 반드시 뒤를 돌아본다. 어머니가 창가에 서서 자신들을 바라보고 있다는 사실을 잘 알기 때문이다. 마치 부인은 딸들의 모습이 시야에서 완전히 사라질 때까지 손을 흔들며 고맙고 미안한 마음을 담아 키스를 날린다.

직장에 도착하려면 집과 어머니의 모습이 보이지 않게 된 다음에도 한참을 걸어야 한다. 길은 어둡고 추운 데다 전날 내린 눈으로 진창이 되어 있다. 베일로 온몸을 꽁꽁 싸맸는

데도 추위가 가시지 않는다. 두 소녀는 마지막 갈림길이 나올 때까지 서로 농담을 건네며 출근길의 우울함을 떨쳐내려 애쓴다. 마침내 각자의 일터로 이어진 교차로가 나타나고, 자매는 서로를 응원하고 털토시로 손을 녹이며 각각 킹 씨네 집과 마치 숙모할머니 댁으로 향한다. 일을 시작하면 적어도 오후 3시까지는 점심도 제대로 들지 못한 채 온갖 고생을 해야 한다. 하지만 잠깐이라도 짬이 나면 털토시를 먹으며 허기진 배를 채울 수 있을 것이다.

······잠깐만. 뭘 먹으며 배를 채운다고?

털토시(Muff)는 말 그대로 털로 만든 방한용품이다. 손과 팔을 끼워서 냉기를 막는데, 주로 모피와 가죽으로 만들기 때문에 단순한 보온 용도를 넘어서 패션 소품 역할까지 하는 고가의 사치품이다. 하지만 아무리 비싼 재료로 만들었다 해도 (그리고 아무리 절박하게 배가 고프다고 해도) 이것으로 식사를 대신할 수는 없다. 메그와 조의 손을 녹여준 털토시는 사실 진짜 방한용품이 아니라, 부엌에서 아침마다 굽는 뜨끈뜨끈한 파이의 별명이다.

이 사실을 알게 된 순간, 독자들의 고개를 갸우뚱하게 했던 모든 의문은 눈 녹듯 사라진다. 털토시의 식용 가능 여부를 차치하고라도, 살이 에일 듯 추운 겨울 아침부터 남의 집

216

에 일하러 가는 두 소녀에게 모피로 된 장신구 같은 게 있을 리 없으니까. 하지만 주머니 난로와 점심 도시락을 대신할 파이 한 덩어리에 이토록 언밸런스한 별명을 붙여준 것은 아무리 생각해도 정말 그녀들다운 센스 있는 발상이다.

메그의 드레스나 조의 글 노트, 베스의 고양이, 에이미의 스케치북처럼 작은 아씨들의 성격과 취향을 상징하는 물건들은 작품 곳곳에 등장한다. 하지만 털토시만큼 네 자매의 삶을 제대로 상징하는 소품은 거의 없다. 사실 이 파이의 용도는 너무나 실용적이다. 한창 먹을 나이의 소녀들이 고된 노동 속에서 오후까지 버텨내려면 토스트나 샌드위치처럼 가벼운 음식보다는 기름진 크러스트 안에 든든한 내용물이 담긴 파이가 제격이다. 게다가 소슬바람 한 번에 냅다 식어버리는 보통 빵과 달리, 뜨겁고 걸쭉한 필링이 가득 채워진 파이 덩어리는 출근길 내내 따뜻함을 유지할 수 있을 것이다. 한마디로 말해서, 이 파이는 가족의 생계를 책임진 두 자매의 '전투 식량'인 것이다. 하지만 이 소박한 반원형의 음식은 긍정과 재치의 힘을 통해 여성이 손을 녹일 수 있는 가장 귀족적이고 우아한 물건의 이름을 갖게 되었다.

두 소녀는 매일 아침 뻐근한 몸을 이끌고 일터로 나선다. 여느 또래와 다름없이 쉬고 싶고 놀고 싶은 마음이 굴뚝같지만, 그럼에도 가족들에게는 힘든 내색을 하지 않으려 노력한다. 그녀들의 고된 출근길을 지탱해주는 것은 가족들의 감사 어린 응원과 양손을 데워주는 따끈한 털토시다.

요즈음 출근길 풍경은 『작은 아씨들』의 시대와 사뭇 달라졌다. 자동차가 대중화되기 한참 전에 살았던 메그와 조는 아침마다 가족들의 배웅을 받으며 집을 나서고, 같은 마을 안에 있는 직장으로 걸어서 출근했다. 점심은 집에서 직접 싸 온 도시락(털토시)으로 해결하고, 저녁은 대개 집에서 가족과 함께 먹었을 것이다.

하지만 이제 직장인들은 보통 전철이나 버스를 타고 집에서 멀리 떨어진 회사로 향한다. 혼자 사는 자취 인구도 많고, 가족과 함께 지낸다 해도 대개는 모든 구성원들이 저마다의 생활로 바쁘기 때문에 창가에 서서 내 뒷모습이 보이지 않게 될 때까지 손을 흔들어주는 사람은 거의 없다. 점심은 대부분 회사 근처의 식당에서 해결하고, 잦은 야근과 회식 탓에 저녁 또한 밖에서 먹는 경우가 많다.

17세기 미국과 21세기 대한민국의 직장 생활 중 어느 쪽이 더 고될까? 이런 질문은 무의미하기 짝이 없다. 어떤 기준을 갖고 어떤 각도에서 비교해도, 정답은 '둘 다 고되다'가 될 수밖에 없으니까. 하지만 그 고됨의 원인과 형태에는 분명 차이가 존재할 것이다.

무엇보다도, 우리는 너무나 외롭다. 지하철역은 사람으로 북적이고 거리에는 불 켜진 식당이 가득하지만, 얼핏 보기에 활기가 넘치는 그 길은 이상하게도 두 자매가 함께 걸었던 텅 빈 마을길보다 훨씬 공허하게 느껴진다. 현대인들에게 집은 잠만 자는 곳이고, 가족과 함께하는 집밥은 TV 속에서나 볼 수 있는 로망의 상징이 되었다.

회사원 시절, 나는 매일 아침 가방 속에 책 한 권을 넣고 출근길에 올랐다. 거의 한 시간 가까이 걸리는 이동 시간 사이에 조금이나마 마음을 채워두기 위해서였다. 메그와 조보다 배는 덜 고팠을지 모르지만, 나는 마음이 주렸다. 몸은 덜 추웠을지 모르지만, 마음은 훨씬 시렸다. 불 꺼진 자취방을 떠나 전원 꺼진 모니터 앞으로 향하는 그 전철 안에서, 나는 페이지 사이에 숨은 온기에 기대어 마음을 녹였다. 평소 독서를 할 때 장르를 가리는 편은 아니지만, 출퇴근길에 읽을 책만큼은 반드시 밝고 따스한 분위기가 나는 작품으로 골랐다. 피천득의 『인연』, 황경신의 『위로의 레시피』, 에쿠니 가오리의 『부드러운 양상추』 같은 책들은 내 마음의 전투 식량, 아니 털토시였다.

메그와 조의 털토시는 무슨 맛이었을까? 이 소설에는 두 소녀가 파이를 먹는 장면이 한 번도 등장하지 않는다. 하지만 그녀들이 식사하는 광경을 상상할 때마다, 나는 왠지 진득한 블루베리 잼과 고소한 아몬드 크림이 가득 든 블루베리 파이를 떠올린다. 그 달콤하고 포근한 맛이 그녀들의 꽁꽁 언 몸과 마음을 사르르 녹여주었길 진심으로 바라면서.

"우린 이제껏 열심히 일했고, 이 정도는 누릴 자격이 있어."

– 『작은 아씨들』 중에서

"I'm sure we work hard enough to earn it."

삶의 고단함을 녹이는 상상력 한 스푼

집이 경제적으로 부유하던 시절, 네 자매의 취미는 귀족 스포츠의 정석인 승마였다. 하지만 사람 좋은 아버지가 친구를 도우려다 전 재산을 잃은 후, 그녀들은 더 이상 본인 전용 조랑말을 타고 우아하게 말타기를 즐길 수 있는 '아가씨'가 아니게 되었다. 하지만 말을 빼앗긴 후에도 그녀들은 여전히 승마의 기쁨을 누렸다. 과거와 현재의 차이점이라곤 그 수단이 진짜 살아 있는 말이냐, 엘렌 트리냐 하는 것뿐이다.

생계를 유지하기 위해 돈이 될 만한 것들을 모두 팔아버린 직후, 소녀들에게 남은 거라곤 낡아빠진 안장 하나뿐이었다. 하지만 우리의 마치 자매가 어디 이 정도의 현실적 제약에 무릎 꿇을 정도로 나약한 사람들인가. 네 소녀는 줄기가 낮게 드리운 정원의 사과나무에 안장을 얹고, 위쪽으로 뻗은 나뭇가지에 고삐를 묶어서 훌륭한 조랑말 대체품을 만들어 냈다. 그리고 이 사랑스러운 나무에 '엘렌Ellen'이라는 이름을 붙인 뒤 승마만큼 재미난 승마 놀이의 동반자로 삼았다.

사실 경제적인 관점에서만 보면 작은 아씨들의 삶은 정말 고달프기 그지없다. 이웃의 하멜가처럼 아예 밥을 굶는 수준은 아니지만, 맛 좋은 음식이나 예쁜 새 옷 같은 사치는 애초에 꿈도 꿀 수 없다. 에이미는 학교에서 가난한 집 아이라는 놀림과 함께 부모님에 대한 모욕을 일상적으로 견뎌야 한다.

얼핏 한가롭게 휴식을 취하거나 즐겁게 수다를 떠는 듯 보이는 장면에서도, 가만히 들여다보면 그녀들의 손에는 거의 대부분 뜨개질감이나 바느질감 따위의 일거리가 들려 있다. 이 소녀들의 나이가 고작 열두 살에서 열여섯 살이라는 점을 떠올리면 그렇잖아도 애잔하던 마음은 더욱더 짠해진다.

그러나 네 자매는 긍정적인 성격과 끈끈한 우애의 힘으로 운명의 시련을 씩씩하게 헤쳐 나간다. 고단한 일상에 상상력한 스푼을 더해 즐거운 놀이로 탈바꿈시켜가면서.

기발한 상상력의 선봉에는 단연 조가 서 있다. 그녀는 시간이 멈춰버린 듯 따분한 상황에도 이야기를 붙여서 재미를 찾아내는 기막힌 재주를 갖고 있다. 깐깐한 숙모할머니의 수

발을 들 때는 스스로 『아라비안 나이트』의 주인공이 되어 악당과 대적한다고 상상하고, 자매들과 이불을 꿰매며 보내야 했던 크리스마스이브에는 이불 솔기를 네 부분으로 나눠서 각각 유럽, 아시아, 아프리카, 아메리카 대륙이라고 가정한 뒤 각 대륙의 나라들에 대해 얘기하며 지루함을 덜어냈다.

쾌활한 조가 평범한 일상에 대범하고 흥미진진한 스토리를 끌어들인다면, 예술가적 기질을 타고난 에이미는 아기자기하고 아름다운 공상에 심취하는 편이다. 사과나무에 안장을 얹어 조랑말로 삼자는 아이디어를 낸 사람도, 직접 가지에 고삐를 고정시키고 '엘렌'이라는 예쁜 이름을 붙여준 사람도 그녀였다. 색연필 살 돈도 없는 가난한 화가 지망생이지만, 진흙으로 습작을 빚으면서도 자신감과 자존감만큼은 대리석으로 피에타상을 조각하는 미켈란젤로만큼이나 높은 것이 바로 에이미다.

창작자 타입인 둘째와 막내만큼 적극적이진 않더라도, 착실한 메그와 성실한 베스 또한 '순례자 놀이'나 '부지런한 꿀벌 놀이' 등에 적극적으로 참여하며 고달픈 일과를 순례자의 성스러운 여정으로, 단조로운 가사 노동을 꿀벌의 신나는 비행으로 바꿔나간다.

세상에, 순례자 놀이와 꿀벌 놀이라니. 삶을 바라보는 작은 아씨들의 태도를 이토록 정확히 관통하는 키워드가 또 있을까? 스페인에 위치한 배낭족의 성지 '순례자의 길'이나 베스트셀러 동화 『꿀벌 마야의 여행』만 봐도 알 수 있듯이, 이 두 단어는 지루한 일상과 거리가 멀어 보이는 특유의 자유로운 느낌과 함께 듣는 이의 감성을 자극하는 묘한 매력을 갖고 있다.

하지만 조금만 자세히 들여다보면, 우리는 인간인 순례자와 곤충인 꿀벌의 여정이 단순히 힘들다는 말로도 채 표현할 수 없는 고행으로 채워져 있다는 사실을 금방 알 수 있다. 그 길을 인생의 시련으로 볼지, 재미난 놀이로 볼지는 순전히 길을 걷는 사람의 시각에 달린 문제이다. 그리고 네 자매는 낡은 안장을 짊어지고 삶이 빼앗아간 것들을 떠올리며 눈물을 찍어내는 대신, 엘렌 트리에 올라타고 순례자 놀이를 하며 삶이 준 선물을 최대한 즐기기로 마음먹었다.

인생을 대하는 네 소녀의 달관한 태도를 볼 때마다 내 마음속에는 복잡한 감정이 솟아난다. 나는 살면서 승마용 말을 가져본 적이 없다. 하지만 사과나무 한 그루 정도는 갖고 있지 않았나? 조직 생활에 도저히 적응하지 못하고 퇴사를 하겠다고 마음먹었을 때, 내 자존감을 밑바닥까지 끌어내린 가장 큰 요인은 결국 돈이라는 현실적 제약이었다. 5년간 직장

생활을 하며 애면글면 모았건만, 통장에 찍힌 잔고는 사업 자금으로는 물론이고 매달 월세와 생활비를 감당하며 대학원 등록금을 대거나 오랫동안 꿈꿔왔던 유학 비용으로 사용하기에 턱없이 모자랐다.

지난 시간의 노력이 그토록 무의미하게 느껴진 것은 그때가 처음이었다. 당시의 내게는 가진 것보다 가지지 못한 것이 더 크게 느껴졌다. 부모님의 지원으로 편안히 학업을 이어가는 지인들과 내 처지를 비교하면서 울기도 많이 울었다. 경제적으로 한참 전에 자립한, 서른 살이 다 된 성인 여성으로서 부끄러운 행동이라는 걸 잘 알았지만, 마음속에 파도치는 억울함과 서러움은 가눌 길이 없었다.

에이미라면 달랐을 것이다. 내가 손에 쥔 안장 하나와 친구들의 승마용 말을 번갈아 바라보며 혼자 비참함의 늪에서 허우적대는 동안, 그녀라면 5년 동안 알뜰살뜰 키운 통장을 솜씨 좋게 엮어서 아기자기한 조랑말을 만들어냈을 것이다. 낭만적 상상력과 예술가적 자부심을 십분 발휘해가면서.

누구의 삶에나 사과나무 한 그루(혹은 그에 상응하는 무언가)쯤은 있다. 하지만 모두가 그 나무를 엘렌 트리로 만들 수 있는 건 아니다. 당연한 듯 내 것인 줄 알았던 조랑말을 빼앗겼을 때, 나는 어떤 태도로 삶을 받아들일 수 있을까. 에이미처

럼 나무 한 그루만으로 승마를 즐길 수 있는 사람이 되기엔
아직 갈 길이 멀었는지도 모른다. 하지만 적어도 나무둥치에
앉아 눈물만 짜는 사람보다는 가지에 열린 사과를 따 먹으
며 현재에 감사할 수 있는 그런 사람이 되고 싶다.

집순이의 집 이야기

나는 평소 남의 시선에 별 신경을 쓰지 않는 편이라 외적인 부분에 큰돈을 쓸 일이 잘 없다. 화장품도 거의 갖고 있지 않고, 직장을 그만두면서부터는 비싼 옷이나 가방에도 흥미를 잃었다. 요리도 대개 집에서 해 먹고, 커피는 집에 있는 캡슐 머신으로 내려 마신다. 운전면허가 없기 때문에 자연히 자동차도 없다. 여행은 좋아하지만, 여행에서 삶의 보람을 찾는 다른 친구들처럼 틈만 나면 떠나고 싶어서 몸이 근질근질하는 정도까진 아니다. 1년에 한 번, 많으면 두 번 정도 훌쩍 떠나서 잠깐 재충전을 하고 돌아오면 그걸로 충분하다. 장거리 비행을 괴로워하기 때문에 웬만해서는 국내 혹은 가까운 나라로 짧은 여행을 다녀오는 편이다.

얼핏 들으면 절간의 스님 같은 인생관으로 느껴질지도 모르겠다. 하지만 나라고 해서 소비에 대한 열망이 아예 없는 것은 아니다. 관심이 없는 분야에 돈을 쓰지 않는 것일 뿐, 내게도 형편에 비해 다소 무리를 하면서까지 집착하는 삶의 요소가 분명히 존재한다. 나는 좋은 집을 원한다. 안락하고 쾌적하고 편안한 집을 갈망한다. 볕이 잘 들고, 통풍이 잘 되고, 수압이 세고, 전망이 좋고, 가능하면 '역세권'에 있는 집에서 살고 싶다.

친구들에게 이런 말을 하면, 열에 아홉은 이런 대답이 돌아온다. "메리야. 차라리 가방을 사."

물론 나도 좋은 집이 얼마나 큰 꿈인지 잘 알고 있다. 집이란 것은 정말 너무도 비싼 물건이니까. 하지만 안락한 집을 갈구하는 성향은 어찌 보면 나라는 인간의 정체성과도 맞닿아 있다. 나는 소위 '집순이'이기 때문이다. 학창 시절에는 학교 가는 시간을 제외하고, 직장인 시절에는 회사 가는 시간을 제외하고 당연하다는 듯 대부분의 일상을 집에서 보냈다. 아무리 즐거운 모임이 있다 해도 현관 밖으로 나가는 순간부터 피로가 쌓이기 시작하며, 집이 아니라면 세상 그 어떤 장소도 그 독을 완전히 풀어주지 못한다.

이렇듯 집에서의 생활이 일상의 대부분을 차지하는 만큼,

쾌적한 주거 공간은 내 삶의 질을 결정하는 핵심적 요소라고 할 수 있다. 볕도 안 들고 방음도 안 되고 건물 내에서 허구한 날 공사판이 벌어졌던 원룸 고시원에서 보낸 대학생 시절, 내 몸은 햇빛과 물을 공급받지 못한 화초처럼 말 그대로 시들어 갔다(공사 소음이 너무 심한 것 아니냐고 집주인에게 항의를 해봤지만, 돌아온 것은 '다른 세입자들은 다 놀러 가고 공부하러 가는데 왜 학생만 하루 종일 집에 콕 박혀서 유난이야?'라는 짜증 섞인 비난뿐이었다).

나는 취업을 하자마자 고시원을 나왔다. 그리고 월세 20만 원 정도를 더 얹어서 역 앞에 있는 오피스텔로 들어갔다. 오피스텔이라고 해봤자 면적은 고시원 방과 크게 다르지 않았지만, 적어도 새로 살게 된 그 공간은 밝고 깨끗하고 산뜻했다. 그렇잖아도 궁핍한 월세 유목민에게 한 달에 20만 원, 1년에 240만 원이라는 큰돈을 더 지출한다는 것은 사실 손이 떨리는 결정이었다. 하지만 가방 몇 개와 여행 한두 번을 포기하고 얻은, 햇빛과 풍경이 있는 삶의 공간은 집순이인 내게 그 몇 배에 해당하는 행복을 가져다주었다.

나는 침대 옆에 책장을 놓은 뒤 좋아하는 책과 만화책을 잔뜩 꽂아두었다. 식탁을 겸한 작은 티테이블을 구입하고, 불빛이 은은한 조명도 설치했다. 휴일이면 한낮부터 보드라운 파자마를 입고 포근한 극세사 이불을 뒤집어쓴 채 커피를 마시며 책을 읽었다. 그래 봤자 좁다란 원룸이고, 그래 봤자 월세방이었지만, 어쨌든 그 공간은 내가 성인이 된 뒤 처음으로 손에 넣은 '행복이 가득한 집'이었다.

강남 한복판에 위치한 100평짜리 펜트하우스를 구입할 수 있다면 그야말로 성공한 기분이 들 것이다. 하지만 '좋은 집'의 조건이 꼭 가격이나 크기와 정비례한다곤 생각하지 않는다. 일곱 식구가 모여 사는 마치 가족의 집은 좁고 낡았지만 그 이상으로 아늑함과 포근함이 배어나는 공간이다. 비록 양탄자는 색이 바랬고 가구들도 고급스러움과는 거리가 멀지만, 벽에는 좋은 그림 한두 점이 걸려 있고 창가에는 국화와 장미가 아름답게 피어 있으며 벽난로에서는 난롯불이 기분 좋게 타오른다. 네 자매와 어머니는 빵과 우유뿐인 크리스마스 아침 식탁도 붉은 장미와 덩굴풀이 꽂힌 화병을 이용해서 우아하게 연출할 줄 아는 사람들이다. 여기에 딸들이 마음을 담아 준비한 선물과 아름다운 피아노 연주가 더해지면, 이 작은 집은 그 어떤 대저택보다도 아름답고 풍성한 공간이 된다.

반면 '대저택' 그 자체인 로리의 방은 언제나 휑하고 썰렁하다. 벽난로에는 먼지가 쌓여 있고, 값비싼 장식품들은 정돈되지 않은 채 제멋대로 굴러다닌다. 고급스런 소파는 직사

광선이 내리쬐는 위치에 방치되어 바래가고 있으며, 베개와 쿠션 또한 볼품없이 푹 꺼져 있다. 커다랗고 화려하지만 어쩐지 정이 가지 않는 이 방은 늘 어딘가로 떠나고 싶은, 집에 도저히 정을 붙일 수 없는 주인의 마음을 고스란히 반영하고 있는 느낌이다.

나는 집순이고, 따라서 좋은 집을 갈망한다. 사시사철 어두컴컴하고, 깨진 유리창 틈으로 차디찬 바람이 숭숭 들어오고, 눅눅한 침대보 위에서 옹송그리고 잠을 청해야 하는 하멜 가족의 집 같은 곳에서는 도저히 행복을 찾을 수 없을 것 같다. 하지만 다소 좁고 낡았더라도 (그리고 매달 적지 않은 월세를 잡아먹더라도) 햇살이 넉넉하게 비치는 밝고 조용한 공간에서 자유로운 일상을 만끽할 수 있다면, 로리네 집 같은 저택을 손에 넣지 못하더라도 보람찬 마음으로 열심히 살아갈 수 있을 것 같다.

행운의 진짜 이름

작은 아씨들의 일상은 기본적으로 소박하면서도 바지런하다. 어찌 보면 조금은 가난하고 답답한 삶이라고 말할 수도 있을 것이다. 절대적인 빈곤까진 아니어도 넉넉하거나 여유 있진 못한 형편이고, 여성에게 많은 제약이 따르는 시대적 배경 탓에 그 넘치는 끼와 재능을 마음껏 펼치기도 어렵다.

하지만 그녀들은 행복하다. 밝고 구김살 없는 천성 덕에 작은 일에서도 즐거움을 발견해내고, 기발한 상상력의 힘을 빌려 괴로운 상황에서조차 아름다운 조각을 찾아낼 줄 안다. 게다가 네 자매의 삶에는 너무 드물지 않게 소소한 행운이 찾아온다.

이러한 행운들은 심심한 찌개에 넣은 비법 조미료처럼 자첫 단조로울 수도 있었던 그녀들의 일상에 마법처럼 짜릿한 변화를 가져다준다.

건반은 누렇게 바랜 데다 음정조차 맞지 않는 낡은 피아노에 남몰래 눈물을 떨구던 베스는 어느 날 갑자기 최고급 그랜드 피아노를 칠 기회를 얻는다.

색연필과 스케치북 살 돈도 없던 가난한 미술학도 에이미는 별안간 모두의 부러움을 한몸에 받으며 유럽 유학을 떠난다. 좁다란 시골 마을에 갇혀 지내던 작가 지망생 조는 대도시 뉴욕에서 꿈을 펼친다.

이런 각도에서 바라보면, 그녀들은 가난하고 답답하면서도 한편으로는 징그럽게 운이 좋은 인생을 누리는 셈이다. 유럽 유학에다 그랜드 피아노라니, 이건 요즘 시대의 웬만큼 유복한 집 딸들도 쉽게 누리지 못하는 호사가 아닌가. 어떻게 생각하면 얄밉고 배가 아픈 수준의 '운발'이라고 할 수도 있다.

하지만 이상하게도, 네 자매의 행운은 이런 불편한 감정을 조금도 자아내지 않는다. 우리는 순수한 친구의(혹은 언니의, 동생의) 마음으로 그녀들의 기쁨을 공감하고, 오히려 그토록 커다란 선물을 안겨준 이들에게 내 일처럼 고마운 기분을 느낀다.

그것은 아마도, 작은 아씨들에게 찾아온 행운이 단순한 요행이 아니라 그녀들 본인의 노력과 따뜻한 주변 사람들의 배려로 이루어진 필연이라는 사실을 마음속 깊이 이해하고 있기 때문일 것이다.

베스를 집으로 초대해서 그랜드 피아노를 칠 수 있게 해주고 훗날 진짜 피아노를 선물하기까지 한 로렌스 할아버지는 사실 그녀에게서 피아노보다 몇 배쯤 값진 보상을 받았다. 수줍으면서도 따뜻한 베스의 사랑은 아들과 며느리, 손녀를 모두 잃은 뒤 깊은 슬픔과 상처로 한때 마음의 문을 닫아버렸던 이 근엄한 노신사에게 세상 무엇과도 비교할 수 없는 선물이 되었다.

에이미의 유학 뒤에는 몇 년의 고생을 뒤로한 채 본인 몫의 기회를 포기한 둘째 언니의 희생이 있었고, 더 멀리까지 나아가면 성홍열에 면역이 없는 어린 막내를 지키기 위해 그녀를 숙모할머니 댁으로 피신 보냈던 다른 자매들의 결단이 존재했다.

말할 것도 없이, 조의 행운 또한 거저 굴러들어 온 복이 아니다. 한창 꿈꿀 나이인 10대의 대부분을 일터에서 보내고, 대학 진학은 꿈도 꿀 수 없는 처지인 데다, 친구라고 믿었던 로리의 갑작스런 고백으로 혼란을 겪던 그녀는 이 모든 상황에서 한 발자국 물러나 자신의 길을 찾겠다고 다짐한 뒤 새로운 곳으로 떠나겠다는 계획을 밝힌다. 처음에는 당황했던 어머니도 결국에는 가족회의를 거쳐 그녀의 선택을 지지하기로 결정한다.

책에는 '가족회의'라는 간략한 언급밖에 되어 있지 않지만, 나는 조의 바람을 현실로 만들어준 어머니의 결단에 적지 않은 고민과 헌신이 뒤따랐으리라는 사실을 안다. 스무 살 남짓한 딸을 혼자 대도시로 내보낸다는, 보는 관점에 따라 에이미의 유학보다 몇 배는 파격적일 수 있는 선택을 내리는 데 주변의 참견과 비난이 없었을 리 만무하니까. 조가 홀가분하게 뉴욕으로 떠나서 마음을 정리하고 글을 쓰는 동안, 마치 부인은 고향에서 많은 것들을 묵묵히 막아주고 있었을 것이다. 세상 모든 어머니들이 그러하듯이, 우리 엄마가 그러했듯이.

내가 서울에서 대학을 다니고, '돈 안 되는 학문'인 영문학을 공부하고, 프리랜서로 살겠다며 직장을 그만두는 그 모든 과정 뒤에는 엄마가 있었다. 고향에서 적당한 대학을 보내고, '여자 하기 좋은 직업'인 약사나 교사를 시키고, 나이 차기 전에 시집이나 보내라는 그 모든 가벼운 말들이 나약한 내 마음을 흔들지 않도록 단단히 막아준 엄마라는 방패가.

불안하고 고달픈 순간이 더 많은 삶이지만, 이런 내 인생에도 소소한 행운들은 존재한다. 그리고 내게 행운을 가져다줬던 선택들의 상당수는 길을 걷다가 돈다발을 줍는 식의 우연한 요행이 아니었다. 그렇기에, 나는 마치가에 방문한 행운의 진짜 이름이 사랑과 헌신이라는 사실을 분명히 알고 있다.

"감사하게도, 난 어떤 상황에서도 재미난 일을 찾아내서 기운을 차릴 수 있거든."

- 『작은 아씨들』 중에서

"*Thank goodness, I can always find something funny to keep me up.*"

즐거운 마음만 간직하기

번역가로 막 일감을 받기 시작했을 무렵, 이런 문장을 우리 말로 옮긴 적이 있었다. "우리는 이러한 도전을 통해 인생을 성공으로 이끄는 자질을 기를 수 있다." 도전과 시련이 성공에 필요한 근육을 키워준다는 글의 주제에 꼭 어울리는 문장이었고, 그 앞뒤에 담긴 저자의 주장 또한 전반적으로 설득력이 있었다.

　하지만 이 대목을 옮기면서, 내 머릿속에는 저도 모르게 이런 생각이 떠올랐다. '그런데, 성공한 인생이란 대체 뭐지?' 한창 일을 하던 도중에 이토록 진부한 질문을 떠올릴 정도로, 그 시기의 나는 성공의 정의에 대한 고민을 하고 있었다.

　학창 시절만 해도 내가 알던 성공의 모습에는 의문을 품을 여지가 없었다. 초등학생 때는 담임선생님이 나눠준 '장래 희망 조사표'에 내 머리로 생각할 수 있는 가장 폼 나는 직업을 적어 내며 그 직함을 손에 넣는 순간이 바로 성공의 완성이라고 믿었다. 중고등학교 시절에는 특정한 대학의 이름이 성공의 기준이었고, 대학생 때는 취직이 곧 성공을 의미했다.

하지만 성공을 얻기 위해 발버둥 치면 칠수록, 점점 그것의 정체를 알 수 없다는 기분이 들었다. 대체 성공이란 뭘까? 개인 생활을 다소 포기하더라도 초고속으로 승진하는 것? 승진을 내려놓더라도 워라밸을 찾는 것? 일찍 결혼해서 아이들을 낳아 기르는 것? 최대한 오래 자유로운 싱글 생활을 누리는 것?

성공을 향해 나아가는 삶은 늘 아슬아슬한 줄타기 같았다. 그도 그럴 것이, 내가 지금껏 배운 성공의 반대말은 바로 실패였으니까. 나는 죽어도 실패자가 되고 싶지 않았고, 한시도 긴장을 놓지 못한 채 오직 발끝만 바라보며 조심스레 걸음을 내딛었다. 하지만 한편으로는 내 삶이 성공으로부터 자꾸만 멀어져가고 있다는 두려움을 떨칠 수 없었다. '경력 단절녀'라는 말은 꿈을 좇아 퇴사를 택한 내 결심을 비웃듯이 나를 분류하는 기준으로 떡 하니 자리 잡았고, '노산'이라는 말은 결혼과 출산에 대한 내 신념을 가볍게 무시하며 어딜 가든 따라붙는 꼬리표가 되었다. 내 잘못이나 실수가 아니라는 것을 잘 알면서도, 나는 스스로의 실패를 감추기 위해 그럴듯한 변명거리를 찾아내곤 했다.

'그런데, 성공한 인생이란 대체 뭐지?' 이 질문이 떠오른 것은 바로 그때였다. 그 순간, 나는 내 삶이 지극히 애매하면서도 이상하리만치 엄격한 잣대에 휘둘리고 있다는 사실을 깨달았다.

매 순간 사방에서 우리를 죄어 오는 자의적인 성공의 잣대들. 그 기준을 통해 보면 네 자매 가운데는 성공한 인생을 누리는 사람이 단 한 명도 없다. 메그는 부잣집 마님이 될 기회를 차버린 채 매일 가계부와 씨름하는 가난한 가정주부가 되었고, 에이미는 재능 부족 탓에 위대한 화가의 꿈을 끝내 포기했으며, 베스는 제대로 삶의 목표를 찾기도 전에 병을 앓다가 세상을 떠났다. 작가라는 어릴 적 꿈을 이룬 조는 그나마 성공에 가까이 다가간 듯 보이지만, 실상은 부모 없는 아이들을 위한 교육 사업에 전 재산을 몽땅 쏟아부으며 '주머니에 돈이 남아날 날이 없는' 생활을 영위하고 있다.

그녀들의 인생은 실패한 것일까? 성공의 외줄 위에서 발을 삐끗한 그녀들은 실패자의 명단에 이름을 올린 채 평생 자신을 탓하며 회한 속에 살았을까? 우리는 그 답을 알고 있다. 네 자매가 『작은 아씨들』의 페이지를 빌려 분명한 대답을 들려주었기 때문이다.

"한때는 화려한 삶을 원했었지. 하지만 이렇게 작은 집과 사랑하는 남편, 귀여운 아이들을 가진 지금, 나는 이미 세상에서 가장 행복한 여자야."

메그는 말한다.

"난 서른이 넘었고, 결코 부자가 될 수 없을 거야. 하지만 내 인생에서 이렇게 죽이게 즐거웠던 적은 없어."

조는 말한다.

"난 두렵지 않아. 언니만 곁에 있으면 죽음이라는 밀물도 편안히 맞이할 수 있어."

베스는 말한다.

"지금의 삶은 분명 예전 계획과는 달라. 하지만 바꾸고 싶은 마음은 전혀 없어."

에이미는 말한다.

나는 한때 인생이 외줄타기라고 생각했고, 그 아래는 천
길 낭떠러지가 기다리고 있으리라 믿었다. 하지만 막상 내려
오고 보니 성공의 외줄은 지상에서 고작 1미터 높이에 있었
다. 떨어질 때 무릎이 조금 까지긴 했지만, 막상 내려오고 보
니 더 이상 발끝만 보며 긴장할 필요 없는 새로운 삶이 기다
리고 있었다.

내 목표는 더 이상 성공이 아니다. 인생을 멀리 내다보고
주어진 것에 감사할 줄 알았던 현명한 네 소녀처럼, 나는 스
스로 만족하는 삶을 살고 싶다. 성공과 실패에 관계없이 자
신을 사랑하는 삶을 살고 싶다. 그리고 이 책을 통해 작은 아
씨들의 이야기를 나눴듯, 살면서 얻은 만족과 사랑의 이야기
를 다른 이들에게 나누며 살고 싶다.

참고 문헌

- 토마스 모어, 『유토피아』, 류경희 옮김, 펭귄클래식코리아, 2008
- 루이자 메이 올컷, 『작은 아씨들 1』, 유수아 옮김, 펭귄클래식코리아, 2011
- 루이자 메이 올컷, 『작은 아씨들 2』, 유수아 옮김, 펭귄클래식코리아, 2011
- 정은지, 『내 식탁 위의 책들』, 앨리스, 2012
- Sarah Herman, Feminism in 100 Quotes, Metro Books, 2018
- mentalfloss.com, "10 things you may not know about little women" (http://mentalfloss.com/article/56706/10-things-you-may-not-know-about-little-women)
- newengland.com, "little women trivia" (https://newengland.com/yankee-magazine/living/trivia/little-women-trivia)
- quora.com, "Why didn't Jo March marry her friend Laurie" (https://www.quora.com/Why-didnt-Jo-March-marry-her-friend-Laurie)
- thriftbooks.com, "11 things you probably didn't know about little women" (https://www.thriftbooks.com/blog/11-things-you-probably-didnt-know-about-little-women)

- history.com, "meet the real life family behind little women" (https://www.history.com/news/meet-the-real-life-family-behind-little-women)
- theparisreview.org, "getting to know professor bhaer part 1" (https://www.theparisreview.org/blog/2016/02/22/getting-to-know-professor-bhaer-part-1)

나와 작은 아씨들

초판 1쇄 인쇄 2019년 10월 8일
초판 1쇄 발행 2019년 10월 16일

지은이 서메리
펴낸이 연준혁

출판 2본부 이사 이진영
출판 3분사 분사장 오유미
책임편집 김지혜
디자인 김태수 일러스트 박경연

펴낸곳 (주)위즈덤하우스 미디어그룹 출판등록 2000년 5월 23일 제13-1071호
주소 경기도 고양시 일산동구 정발산로 43-20 센트럴프라자 6층
전화 031)936-4000 팩스 031)903-3893 홈페이지 www.wisdomhouse.co.kr

값 13,800원
ISBN 979-11-90305-58-7 03810

이 도서의 국립중앙도서관 출판예정도서목록(CIP)은 서지정보유통지원시스템 홈페이지
(http://seoji.nl.go.kr)와 국가자료종합목록시스템(http://www.nl.go.kr/kolisnet)에서 이용하
실 수 있습니다. (CIP제어번호 : CIP2019037288)